U0937273

张祖乐 著

急诊室女神

上海文化出版社
SHANGHAI CULTURE PUBLISHING HOUSE

目录 CONTENTS

没有人能在二十七岁活成一个超人，

我可以。

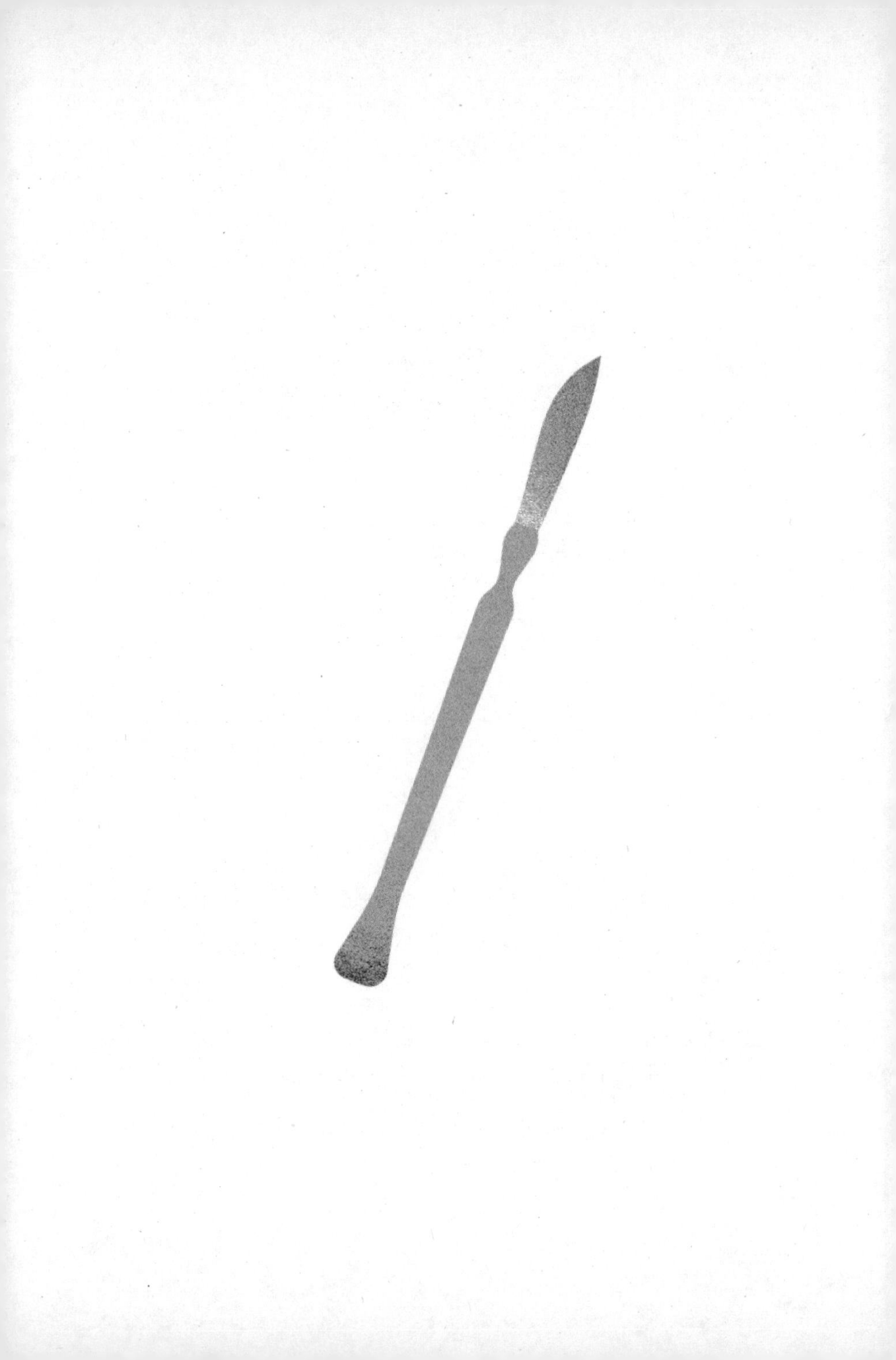

Chapter 1

午夜有乌鸦来过

这是一个和往常并无差别的下午。云彩总比其他地方低，覆在高耸的住宅楼上空，太阳偶尔从缝隙中穿出来又躲进去，很快就要消失去休息了。老小区里的居民溜着弯，他们似乎永远不必工作——也许十年前他们忙着开饭店，吆喝着卖水果；也许还做过家政、保姆，哄小孩睡觉；也许急着接送孩子再赶去上班……总之他们如今成了气定神闲的居民，坐在小区的杂货铺门口打牌；小孩儿站着蹬自行车从进小区的汽车边“刷”地骑过去，永远也不害怕谁会撞上他们。这个时间从来见不到十几岁的男孩，发育得无处释放精力的少年，永远藏在没有路灯的夜里。

我走进了单元门，老家具混在潮湿和衰老的味道里漫过来；每上一层楼就换一种炒菜的香味，浓油赤酱到葱姜蒜；再到静悄悄的顶楼，气味消失了。门口早已点好的外卖和水果对我说，下班了呀，冯医生。

我叫冯遥。在电视剧《上海滩》很出名的八十年代，我爸爸觉得我出生的时候眉毛和眼睛都快插进太阳穴去，很像冯敬尧，想想黄金荣也是他少年时代的偶像，就捧着小小的襁褓爽快地说，叫冯尧吧。街道办的阿姨在血色的夕阳里认真地探出头看了我一眼，拉过我妈窃窃私语，女孩起那么硬的名字，你不怕女儿太累吗？我看你女儿浓眉大眼的，以后一定温柔似水，名字温婉点不好吗？干嘛在女孩子身上期待那么多啊？

于是，她们就在晚霞即将散去的时候完成了这个桃红色的阴谋，希望我能像个“女孩儿”一样快乐地长大，别变成我爸爸那样果断却野蛮的人。小时候我穿着舞蹈鞋扎着粉红色头花，站在舞蹈队的第一排，他们一度都很满意。然而我现在在医院的外号依旧是“铁面罗刹”，有些事情，是命里带的，一旦你出生了就改不了。

这话是我八九岁时，爸爸和我说的：“一个人生下来的时候，就已经命定了要成为什么样的人，你会朝着那个方向不停地成长，那就是天分。然后你做出了唯一的选择，有了职业。而进入一门职业之后，所有的一切你都不能选。做警察不能挑罪犯，做医生不能挑病人，做老师也不能挑学生。”

我嘀咕，那岂不是很无聊？他说是啊，非常无聊，我比你的烦恼多好几倍呢，但是因为长大了，你可以承担责任了，就能变成一个超人，就有意思了。我说为什么，明明你什么都没得选？结果我爸说，正因为没得选，所以你就得所向披靡，每次保护了一个人，成就了一个人，你都会成为他们的超人。

没过一年，他在一次出外勤时为了保护人质，被劫匪的同伙开车撞死了。在加油站的大拐弯处，整个胸腔都被大货车碾过去，他倒是真的成了英雄，我也变成了一等功的亡者家属。于是，就算我获得了“红花杯”芭蕾舞大赛的金奖，就算我十几岁时，老师满怀希望地对我说，冯遥，你是这几届里身体条件和控制力最好的女孩，我也总是在旋转的时候，想起盖着爸爸的白布下，身体凹下的一截。

高中时期，我遇上了《急诊室的故事》，剧中盖着白布的人不计其数，我被治病救人牢牢吸引住，爱上了剧中的Mark Greene……于是，我的人生可以用几句话简略概括——我在奉城读了五年的临床医学，受前男友的影响去了美国，一年后逃回上海读心脏外科，在急诊室实习最久，最后直接留在这儿做了一线医生。

为什么留在急诊室，我不知道。许多人听说后都打量我，担心地问：见过太多血腥和悲欢离合，还能过平常人的生活吗？不能——全年无休，不分白天黑夜，连班下来，人不再是人，是鬼。但是挺好的，这让我变成了我爸口中说的胆大包天的超人——我从来不害怕血光冲天的病患和凶神恶煞的家属，也不怕板着脸的主治医生和资深护士。我也终于信了我爸那句话，我是一直朝着急诊科医生这条路前进的，而他在这条路上狠狠地推了我一把。

每天除了睡觉，我都在忙碌，让我更加珍惜身边的一切。比如今天，我就拥有了难得的准时下班，终于可以和那些奋战在手术室的深夜和黎明暂别了。租住的小房子因为在顶楼，邻居都是年轻人，少了孩子争抢的嬉闹和老人黏稠的咳喘，我把沙发推到了阳台，看着窗边的轻轨每隔几分钟开过，拧开一瓶可乐，享受碳酸冲到天灵盖的清爽和刺激。

我不喜欢电视，也不喜欢吵闹的综艺节目，盯着窗外看有助于回想一些病例。有个女大学生为了男朋友吞了一瓶安眠药，大半夜的送来洗胃，而她醒来的第一句话是“他来了吗”。我似乎是太疲倦了，面无表情地说，八成死在路上了，你出院后一定要参加他的葬礼，擦亮眼睛找个更好的男人。再比如，前几天病房来了个把花生吸进气管的孩子，脱离危险后和我说，这是他人生中的小确幸。在得知“小确幸”什么意思后我感叹，这个大难不死的孩子真是傻人有傻福，还不懂得再晚一刻钟入院，他就呜呼哀哉了。父母急火攻心，不停地相互指责，病房瞬间变成《新老娘舅》拍摄现场。听了好久我才说，也没必要以后都不吃花生，不是什么凶器，别再因为这个来医院就行了……终于，我回到值班室，表盘指向凌晨四点，漆黑的天色刚刚变浅，树上落了一只乌鸦。我觉得那个黑漆漆的小身影像我爸爸。他隔着窗子在树上叫了一声：你笨不笨？谁让你把瓜子塞鼻子里的？

我三岁的时候曾经把向日葵上的葵花子塞进鼻孔，他扛着我奔去医院，再三确认葵花子没了，我安全了，他才把我墩在楼梯的扶手上指着我的鼻子，竖起眉毛瞪着眼睛说，你这样特别不对，再这样，我就再也不给你吃瓜子儿了。

我看着乌鸦怔了很久。它飞走了，留下空荡荡的树枝。

就说我按捺不住这种休闲的时间。我吃掉了外卖和水果，坐着公交回到医院。路上给妈妈打了个电话，她没接，只微信回复我：我在南疆。然后配上一张灿烂阳光下荒芜大漠的照片。在我爸离开之后，我和我妈似乎都没法从生活的快节奏中停下来。

大东看见我毫不惊讶，只问要不要把你交班的任务再还给你？我说不用，一床的人是隆胸手术感染，李老爷子肺栓塞的手术做完脱离了危险还在EICU，这两个交给我就行了。大东摆摆手，说感谢工作狂救我于水深火热，但愿今天别来什么幺蛾子了。他想趁着清闲的夜晚偷偷看一场世界杯，省得早会时听见师弟汇报战况，这会让他发疯。

晓松从值班室走出来，左右瞟了两眼，若无其事地拿起我临床的病例，拉开帘子跟一位奶奶说："我说过多少次啦，你要是再抽烟，肺就彻底烂掉了，你不是说见到我像见到儿子吗？那就少抽烟活久一点咯！"晓松说话总是温柔地带点嗔怒，他最擅长和病人打游击。

我回头一看，新来的护士走出值班室，脸上带着一丝害羞。

啧，晓松啊。

急诊室里经常和我打交道的就几个人，大东和我同届，他读研究型专业，我读临床专业，我做手术比他多，他发论文比我多，遇到大手术总会畏首畏尾；晓松叫房晓松，有高晓松的情商和"姣好"的双腿，主修普外科的富家子弟，当医生纯粹是崇高的社会理想；我们几个都是直接握手术刀的外科医生，流抢一线主力，以及时不时地参加自己专业的手术。杨医生俗称杨老板，我的顶头上司，说话舌头有点短，是我最依赖的二线医生。还有郭主任，急诊科负责人，平时最讨厌的可能是我，因为我总闯祸——和患者辩论，和家属吵架，以及向放射科、麻醉科的同事爆粗口。其他高我一届的几个师兄面临晋升，每天都抢着去二线做手术，时不时才会来流抢露面，职场理智拼搏的代表，不值一提；还有一些实习生，在急诊室负责缝合和输液抽血，经常被大场面吓哭，抓住一线的我们求助。急诊室永远人满为患，进来的人经常血流不止，哭喊声和尖叫声在大堂横冲直撞，但是这种热闹总好过出租房里的逼仄和空虚。

虽说医生也分很多种，总有些怪人有旺盛的精力，喜欢急诊室的快节奏而留在这儿，每天见证着多如牛毛的离奇病例。我绕到值班室去看了一眼窗外，天已经黑了。我在想，那只乌鸦会不会再落在这棵树上。

今晚郭主任不在，事情也不多，李老爷子肺栓塞是因为心衰水肿造成的，昨天送进医院血氧下降，呼吸也减慢，两条腿肿得像老化的塑胶皮。当时主治医师不在，我一把跨在老爷子身上胸外按压。于是，整个急诊室都看见了一个长得还不错的女医生，以女上位的姿势跨坐在一个老人身上，场面足以让在场的人想入非非。一刻钟后杨老板来了，有条不紊地看了一眼病例，准备手术。他回头和我说，干得好，罗刹。连他也知道我的外号了，见鬼。

EICU里躺着的李老爷子依旧借着氧气面罩呼吸，气色却已经好多了。他的家人在旁边陪着，夫妻两人竟然带了个计算器在算账，够厉害的。

“你爸这次住院医保用完了。”

“能有什么办法？他平时就喜欢开药吃。”

“那怎么还进医院了？”

我在旁边写病程，不慌不忙地说：“那叫‘防御性治疗’，说不定以前很多次要进医院的大病，老爷子躲过去了。”

妻子依旧不慌不忙：“你们这些医生，就喜欢开药赚钱吃回扣。这次生病吃药的钱你自己从私房钱里拿，不要动楠楠压岁钱的主意。”

“小声点，病人需要休息。”我默默地看了看李老爷子的脸，不知道他究竟有没有睡着。他老了，皱纹耷拉着的表情有点严肃，年轻的时候应该是个不苟言笑的大人物。人一旦老了、病了，就会慌，想方设法地把自己圈在一个自己能控制的范围内，而我见过的儿女们，十有八九不太懂。我不是很想向那位妻子解释一遍，指望他们赚钱还不如我自己去联系医药器械经理来得更快，人是要做些更有意义更神圣的事情才会成为人的。她永远都不会懂。

绕着绕着，我还是来到了一床的病人面前，二十二岁，胸前还缠着纱布，尴尬又突兀。她应该并不想告诉我她为什么要隆胸。我猜想她可能是没钱吧，选择了一个地下作坊想让自己成为令人艳羡的美女，结果成了胸部殷血、呕吐不止的急诊病人。假体周围感染病变，切除了部分乳腺，我缝合了整整二十分钟，手指勒得发麻。

她依旧在痛，睡不着觉，眼睛红肿着，身边没有任何一个亲人。我本想打电话给她的父母，她再三地乞求我和大东，说不想给父母知道，他们在遥远的内蒙古，坐一次飞机来要四千块，她不想再去赚这笔钱。我和大东面面相觑，大东撇了撇嘴说："罗刹，女朋友还要我养，我不能失业，交给你了。"

我走到她身边坐了一会儿，从口袋里摸出一颗水果糖，问："饿不饿？"

她呼吸都在痛。只听见她虚弱地说她想家，但是现在这个样子，没法回去。

我说："把糖吃了，饿着肚子胃里只有情绪，嘴巴都臭了。"她看着我，我补了一句："经常进手术室，医生没吃饭嘴巴臭，老板会开了我的。"

她不说话，把糖放在嘴里滚着。她说："我知道你很瞧不起我，我爱慕虚荣，但是等我有钱了，我还会再做一次隆胸手术的。"

我想了半天，那两个柔软又沉甸甸，没什么生命质感的硅胶片，应该对她来说意义不小。我说："那你下次一定要找一家正规医院，我帮你找也可以。"

她有点惊讶，"为什么？"

"我也曾经是大学生啊，当年我也想隆胸。"

"为什么？你明明很好看了。"

"好看有什么用？不喜欢你的人总能在你身上找出他们不喜欢的地方。二十出头的时候，我觉得自己什么都没有，如果身体有些改变，就能得到点什么。于是，我差一点就被推进手术室去隆胸了。"

"后来呢？"

"后来有一个朋友，在我进手术室的前一分钟冲过来把我拦住了，大骂了我一顿，就没做成。否则我现在也是很火辣的身材了。"

"你现在也非常漂亮。我听见他们叫你铁面罗刹，但是我觉得你真的很好。就是很好。"

"谢谢。"

"你看起来好镇定，我以为你会骂我。"

“骂你干嘛？只要你确定你做的任何事都是为了自己，别为了任何人就行了。你以后会比现在好的，用不了几年，别伤害自己。”

走出门前我听见她叫我。深夜里她瘦弱苍白的脸颊看着我，她说：“冯医生，那个朋友，是不是对你特别重要？”

“当然。”

我和她道了别，大东在我身旁飞奔而过，师大附小交叉路口发生车祸，两辆车上共七个人，五分钟内赶到。我没有时间去想了。这个把我在手术室拦下的男孩神通广大，却五年都没有联系。如果他知道我没像他想象的那样“飞黄腾达”，一定很瞧不起我吧？

轮床在走廊里飞速交错，同事对彼此吼着，整个急诊室又开始手忙脚乱。天哪，这个人开膛破肚的，为什么要在市区开这么快的车？也许张慕岳的故事，我可以找个下班时间，慢慢地回忆，至于那个让我做隆胸手术的人，如果一定要提起他，那就晚点吧。

抢救结束已经是早上五点。低头一看，手术服、牛仔裤、鞋子，无一幸免。脱掉口罩的一刻我把脸插到空调面前，贪婪地吸了一口。这位开膛破肚的肇事者因为肠体过于肿胀无法缝合，就直接暴露着被推进EICU转普外科，不再是急诊的病人了。早上交班会时郭主任看见我吸了一口冷气，“冯遥，你又来加班了？”

我点点头。

“你们，都跟人家冯遥学学！一个女孩子，每个月加班时间都是你们的一点五倍，你们的差距就在这一点五倍里慢慢拉开了。每天都想着找媳妇儿，脑子里都是结婚和繁殖，散会！”

我果然又成了众矢之的。接白班的同事和我说：“罗刹，你去睡会儿吧，再这样顶着黑眼圈，老得很快的，女人老得快嫁不出去，生不了孩子了。”我没说话，洗好澡回到更衣室。同班的大东和晓松还没下班，在条凳上跷着二郎腿吃早餐：“哇，我们的加班之星来了！柠檬茶喝不喝？”

“不喝。”他们喜欢戳我软肋——我闻不了柠檬的气味。

“罗刹这人不食人间烟火还爱岗敬业，真是可怕。”

“听说罗刹有男朋友的，在医院门口走过去回头率好高的。”

“前男友好像也很帅。”

我换好白大褂，“你们说话我都能听得见啊。”

“就是因为你不共享秘密，我们都没办法和你做朋友了。”

“在急诊室就别做朋友了，否则我哪天真的身负重伤被推进来，你们要给我器官捐献的哦。”

“没劲，罗刹。”

直男们经常用这样的话讽刺我。用他们的话说，如果我不在急诊室，他们一定把我列在梦中情人第一位，而熟知我的性格后，把我发配到了倒数第一。他们还经常开玩笑，和护士长商量给我介绍对象，因为我经常加班又不偷懒，让他们很没面子。只是，我的工作时间里死亡率总是比他们高一些，他们就庆幸没和我成为一家人，我果断得莽撞，这可能就是外号的来源。

管他呢，刚刚入职时我经常因为死亡率害怕，总是担心是自己出错才会有病人救不活，美国的噩总是袭击我的睡眠时间，后来我终于想通了，医学也并不是万能的，我没办法让自己做超人。那会儿我经常想起一句话，*Sometimes to heal, often to help, always to comfort.* 我用电影《闻香识女人》的旋律把它们一遍一遍地哼唱，这伴随我度过了很多无眠的夜晚。

“冯遥，醒醒，有病人来了，我们人手不够。”

刚睡了一个小时的我从沙发上爬起来，整个大厅像是锦鲤跃出水面一样混乱而没有方向，熟悉的场景又开始了。120的急救人员迎着我进来，表情让我心里一沉。患者大呼小叫时我都不慌不忙，因为他们大多数没事儿，而急救的同事表情凝重，我的心就提到嗓子眼了。

一个从大火中抢救出的孕妇，全身皮肤80%烧伤，孕期32周，血压150/80，心率150。轮床飞快地冲向急救室，戴上氧气罩，充电200除颤。家属在门外哭喊，小梅，你要坚持住，孩子还没出生，你要坚持住。

烧得如焦炭一样的她，完全失去意识。我低声安慰，不要害怕，你已经到医院了，我们会尽力救你和孩子，放轻松。妇产科的医生很快赶到，胎儿的心率也已经下降，手术台上围着四个医生，全力保住母女二人。只是，同事冷静的判断传过来——小梅似乎不会活太久。

我已经能够猜出接下来的一幕了，妈妈和女儿只能留下一个，思考的时间只有几分钟，命悬一线。杨医生看了我一眼，我明白，这件事情是我的。我走出急诊室，家属焦急地围上来：怎么样，小梅有没有救？孩子呢？听了我的解释，丈夫和婆婆抱头痛哭，而他们想要救的不是同一个人。

男人问我，医生，你说是该救我老婆，还是孩子？我说，这个选择你自己做。婆婆说，她都烧伤成那样了，孩子再没了，你让她怎么活？不如放她走吧。

我看着男人跪在地上哭，婆婆抹了一把眼泪说：“我知道你难过，但是你想想李家的香火，她现在这个样子，怎么能再生一个孩子？”

她说的一点都没错，但家属签了DNR（不抢救协议）过后，我还是认认真真地看了婆婆一眼，发自内心地说了一句，你儿子以后不会原谅你的。我才不管她投不投诉我，我只是替小梅觉得不值。

患者小梅的女儿被救，小小的婴儿被送到新生儿加护病房，老公被婆婆叫走了，我坐在小梅身边，她还有呼吸，周身插满了管子，看起来特别痛，但还有救。我想，她以后可能不会再被夸奖“好看”了，但是如果各项指标恢复，她还有机会做一个能够生活的人。实习生在我身后走过：“师姐，你不去吃饭睡觉吗？”我说：“我快下班了，这儿安静，我陪她一会儿。”

“新生儿出生，家人总是会围着孩子的。”

“但是孩子的妈妈还没死。”我有点斗气。

突然，她的血氧下降，呼吸运动停止了。护士说，已经签了DNR，家人都已经放手了，让她去吧。

我看着小梅，她看着我，无法呼吸的样子非常痛苦。胸腔和腹腔周围的烧伤皮肤绷得太紧了，肺部无法扩张才会窒息。我说：“准备十号手术刀给我，我要做焦痂切除。”

新来的实习医生看着我：“可是她的家属已经签了DNR……”

“你不把手术刀递给我，下一个躺在这儿的就是你！”

我沉下呼吸，曾经在医疗影像中出现过的焦痂切除在我脑海里回溯了三轮，在胸壁开了一个切口，让软组织扩张，纱布下的她突然吸入了一大口空气，血氧也立即回升了。

我放下手术刀摘下口罩，回过神来，周围弥漫着烤肉的血腥气味，身后是白天当班的所有医生。家属扑过来大哭说：“你做了什么？为什么要在小梅的胸前切这么大的口子！”我呼吸良久，大声说：“她不能呼吸，看起来太痛苦了，这样下去，她会窒息而死。”

我被拉出EICU，实习生怯生生地看着我说，对不起，冯医生，刚才的场面太可怕了。同届的医生已经换好衣服准备下班，瓮声瓮气地说，厉害，主治医生不在，你敢直接切焦痂。

没等我开口辩驳，杨医生夺走我手上的病历本留下一句话走进病房——冯遥，你知道家属为什么签DNR吗？病历上“子痫”两字看见了吗？感情用事！最近一周你不要上班了，停职一周，好好反省。

人渐渐散去，我对着护士苦笑了一下，周围的嘈杂突然再次和我没了关系。这已经是我第三次被停职了，同事们肯定会在背后偷偷地笑：罗刹又闯祸了，主治医生不在直接做焦痂切除，病人要是当场死了，医院又要吃官司了。不明白院长为什么留着她？隔三差五就惹事。

休息室空无一人，树随风荡了荡。小时候我的爸爸曾经对着窗外的树大发雷霆："凭什么就不抓他了啊？当年没有证据，现在就眼睁睁地看他逍遥法外吗？再伤人怎么办？！"

我知道，我犯错了。而如果是你，一定想要保护所有的人，对不对？妻子和女儿是你的手心手背，长在你身上，你一定不会轻言放弃吧，爸爸？你说医生和警察是接触悲欢离合最多的职业，但是我们是绝对不会因为见多了人情凉薄，就让自己变成冷漠的人。对吧？一秒的工夫，眼泪漫到眼眶，被我硬生生从喉咙憋下去，在医院哭，太不像冯怀雍的女儿了。

两天后，我听说小梅死了。

Chapter 2

他背叛了上帝

急诊室并不是永远都面临生离死别，大多数的患者第一次进来，痊愈且得到了一次警戒，以后会更加热爱生活。这就足够了，他们不必记得医生，我宁愿他们不会再见到我。隆胸的女孩痊愈出院，在护士台留下一支口红。应该是韩国的，盒子没拆，字条上写着：冯医生，不要总是素面朝天地来给病人急救了。

我把口红拿出来涂了涂，停职之后，我终于没法拒绝护士长的相亲计划了。自从去年医院联欢会被拉着跳了段芭蕾，我的人生大事就一直列为她的全年待办事项NO.1，听说我休假，她经常逮住我说起的“条件很好的男人”，我是非见不可了。

相亲我不是第一次。刚从美国回来读研实习，医院里单身的前辈都约过我，他们说过的话也基本雷同。没办法，医生读了八年的医学，做了几年的实验，浪漫也来得特别实在，于是我听到最多的是：“家里不需要两个大忙人，你以后需要辞职才能对我的事业有所帮助”“孩子当然是要生两个了，二胎是大势所趋，一儿一女凑个好”“你觉得我们什么时候能结婚”……

护士长似乎是记得我那句“医生我见太多了”，这一次，坐在我面前的是个传说中的证券从业人士。发给我的照片没有一张站着，见面果然个子不高，约在望湘园，找了个小桌子点了四道菜。他说：“满满一桌菜，我很有诚意啊。听说你是急诊室医生，每天上班很忙吧？”我说：“对。”他接着说：“我也很忙，你懂的，行业第一的证券公司，我要经常出差。你要是愿意，下次我可以带着你，五星级酒店套房，环境非常好。”

我看了看他的眼睛，一副情场老司机的狡黠。我说：“你也是个花花公子了。”他说：“被你看穿了。我觉得像我们这么忙的人，感情都不长久，你和我在一起如果需要开放婚姻，我不介意。”

我看着他的脸，意兴阑珊。护士长说不要紧，还有更好的。于是她联系的另一位也坐在了我面前，我不知道她哪来的这么多人脉，这次是建筑设计师。他穿着格子衬衫和登山裤坐在我面前，装作品位很好地点了几道云南菜，和我聊起他游历过的城市。他说：“男人一定要在三十岁之前进藏，朝圣过一次，会觉得自己已经不需要和女人结婚了。”我问：“那你为什么还要相亲？”他回答：“人不能免俗，而且男人有了家庭，事业才能更进一步。”我问了个没底线的问题：“你有多少个前女友？”他含蓄地数了数说：“能算得上女朋友的，五个吧。上一个女朋友分手是因为她太能作了，她很漂亮，像你一样，但是私下做网红带货的，少不了应酬别人，又爱玩，早晚要从我身边飞走。你呢，在医院做什么的？”

我慢条斯理地夹着米线回答：“急诊室，最脏最累的流抢，没有固定休息时间，租房。”

这样聪明的人，我甚至不需要多说话——他这么能掌控局面，自然知道急诊室的医生工资不多，私人时间少，以及我并不好相处，于是吃完饭散场，他没再和我联系过。

我给护士长打电话说，等我复职了，什么忙我都帮你，唯独这个相亲，还是算了吧。护士长急了：“为撒？侬虚岁已经廿七了，廿八岁伐嫁出去就难嫁了。别担心，你爸爸死得早不算单亲。”

我握着电话翻了个白眼，她真是心直口快。她继续说："一个人在上海不容易，你看我给你找的，经济条件是不是都不错？一般般的吃不起穿不起的，我都不介绍给你。"我回想了那些嘈杂的餐馆，说："是，现在的男孩子，都挺聪明的。"

最后一个相亲对象，我走进餐厅时，仿佛被雷劈了。真是怕什么来什么，我的前男友丁俊榕时隔五年，成了我的相亲对象，这大概是在高速遭遇车祸，被八辆车连环撞飞的概率吧。在我犹豫要不要转身就走时，他的目光撞上了我的。走不了了，我硬着头皮坐在他面前，下意识地朝口袋里摸了摸——要死，室内禁烟。

"我真没想到是你。护士长给我打电话，我听见'冯遥'两个字，还以为只是重名，竟然真的是你。"他不慌不忙地倒茶，"没白来。你竟然也开始相亲了，急着嫁人吗？"

"我拒绝不了护士长，哪个医生敢得罪护士长？"此时此刻，我真的很想去走廊抽根烟。

"美国一别，都五年了。你过得好吗？"

"好。每天都有血淋淋的病例来我面前，比在美国帮病人预约抽血化验排MRI好得多。"

"不要对美国这么多怨气，你回国内只是你个人的能力不行。”

看他依旧能这样冷静地奚落我，我就放心了，他过得真的不错。从谈恋爱开始，他就乐于用各种方式来打击我，医学知识出错要笑，生活常识匮乏也要笑。仿佛他做的一切都是对的，包括叫我去隆胸。

我在脑海里飞速地回想了一下在美国短暂的半年，直到服务员说餐齐了。他说：“既然是相亲，我就可以名正言顺地打听你了。你现在在上海住在哪里，薪资多少？急诊室主要做哪块？流抢，EICU，还是二线医生？”

“我也有权利不回答你，我不喜欢相亲对象，可以拒绝回答吧？”

他流露出了些许意外——以前我从不会顶撞他，一点也不会。他看着面前渐渐冷掉的盘子说：“那我告诉你一点我的近况吧。”

“我不感兴……”

“我不再做医生了，离婚了，现在是个律师。你的护士长没告诉你，今天的相亲对象是个律师吗？”

这次轮到我惊讶了。他用胜利的表情看着我：“吃饭吧，以后会有机会再见面的。这家餐厅是我客户的合作餐厅，你的工资是不是付不起？”

我被他噎得无话可说，毕竟急诊室医生的确没什么钱，无论我说什么，他都能用我掏心掏肺过的痴情轻易地击溃我，也许只有保持沉默我才能留下一点颜面。

我们相对无言地吃完了这顿人均五百元的饭，非常难吃。面对这样一个处处都要压你一头的人，无论吃什么都难以下咽。然而，我还是能从他的衣领想象得到他衣服下藏着的身体，熟悉他透过衣服的气息和体温，这很让我恼火——身体的记忆不是我能轻易控制的。我按捺着浑身的不自在吃完了这顿饭，没有开口问他为什么现在变成了律师。

我回到家，心不在焉地喝了杯伏特加。一周的时间就这么被相亲混过去了，好不容易休个假，也没能离开上海休息，没钱，也担心急诊室人手不够。

弥漫着药剂和些许汗味的急诊室大厅拥抱了我，终于又回来了。尽管我活得那么失败，我依旧可以治病救人。用我爸的话说，就是：我还是个超人。

刚刚到流抢门口，就看到愁眉苦脸的大东。他没有口罩也没有手套，表情从来没有这么消极过。我心里蒙了层阴云，他怕是遇上倒霉事了。晓松把我拉到值班室，悄声说昨天大东在流抢奋战了一个白天，晚上所有的人手都被抽去手术了，他又累又不能下班，遇上了一个八十岁的胰腺癌晚期患者，低蛋白，腹腔里满是腹水，需要输蛋白液。

大东看了看病历说明天再输液吧，药比已经超了，明天输也没问题。而就恰恰在这个平静的夜晚，患者突发心梗悄无声息地咽气了，整个过程没超过一分钟。大东对家属一直都是少言寡语，突如其来的死亡让他慌乱了，家属直接找来了律师，马上就要和他约见。

我拍了拍大东的肩膀，他低声说："你也知道药比是有规定的，我只是怕被扣奖金才没有输液的。而这个老太太，偏偏在昨晚突然心梗，这种突发情况，我怎么会想得到？"

"医院就不该设立这种制度，最后坑的就是我们这些医生。你和家属没说什么吧？"

"我只说了句对不起。他们可能觉得这道歉是我的过失，咬住我不放了，妈的。"

这可能是我讨厌做医生的唯一理由。和病人打交道，病好了，是医院收钱之后应该做的，治不好就祸从天降。我只能祈祷患者找到的律师懂得医学常识，虽然是替家属说话，但至少可以让损失减小到可控的程度吧。

我转过身，大厅闪过一个身影，我惊愕得像是被浇了盆冷水——丁俊榕拎着包和家属一同进来，走到大东面前说，孙医生，你们的法务到了吗？说完睨见了站在一旁的我："这么巧，这个案子，是你同事的疏忽造成的？"

所有在场医生的目光都聚在我身上。三秒之内，我觉得自己的生活是个笑话。

大东和丁俊榕一起走进了三楼的会议室。我仍旧守在流抢区，面对着看起来并不严重，却哀号着自己要死了的病人。急诊科是唯一一个不限号的科室，所有人在生病时，直觉就是找最近的三甲医院。一个坐诊医生每天要医治两百号病人，一口水都喝不上，而真正需要抢救的人被推进医院时，医生还要打起一万分精神——出一点错让病人丧命，家属可以找律师，找医闹，寻求索赔，医生经常跳进黄河也洗不清。丁俊榕这种在美国做过三年住院医师、熟知每一个医疗细节能带来的疏漏的人（后来他怎么样我就不知道了），想要告垮医院，简直轻而易举。

我看着护士拔掉病人的输液管，板着脸对老太太说，你可以出院了，回家继续吃降糖药，有问题再来挂内科，不需要来急诊了。她拉住我的手说："医生，我女儿在国外，如果我不来急诊，没有人送我来医院呀。"

我叹了口气。老太太的手上长满了老人斑，有朝一日我妈也变成这样，医生对她说这样的话，我一定会骂他们王八蛋的。

午休时间，大东回来了。一群人拥上前问："怎么样？医院会赔钱吗？""你会不会被开除？"听说大东没有危险，医院却要被索赔六十万元，大家悻悻地散了。

大东垂头丧气地走到我面前："这个丁律师，你是不是认识？"

"对。"

"他为什么这么恨医院？"

"我不知道，他都说了什么？"

"他出门之后和我说，他的梦想就是把所有的医院告垮。他以前究竟是干嘛的？医院杀了他全家吗？"

我倒吸了一口气，后悔没有在上次吃饭时问清楚。

傍晚，我走出门想要吃个饭，正好碰上了丁俊榕。他不慌不忙地和家属告别，转身截住了我，"一起吃饭？"

我们在医院门前的小餐馆坐了下来。我的白大褂都还没脱掉，坐在局促又拥挤的小餐馆，像是一对热恋中着急约会的情侣。如果护士长看见这一幕，一定会以为她做的媒有了突飞猛进的进展。

我直接地问他："你明明知道胰腺癌晚期随时会有并发症，就算用药盯着也只能撑一两个月，为什么一定要打这个官司？"

丁俊榕说："我在美国主刀了那么久，会纠结这样一个小官司？"

“那你还接这个案子？”

“我只是想来看看你。这个案子我的下属会跟进，我只是来了解一下，现在国内的医患关系到了什么程度。”

“你现在不是在做律师吗？”

“是的，我在等融资。现在当律师也离不开互联网经济了。投资人就想看看，我们究竟能把医疗辩护这块做成什么样。现在任何事情只要去网上发酵一下，效果都非常好。”

“你谈恋爱对女朋友不好也就算了，当年费了那么大的力气想要做个医生，现在竟然背过身来把医生当敌人，简直卑鄙。”

“冯遥，你随便怎么骂我都可以。我也曾经想做一个优秀的医生，让所有人敬仰我，尊重我，然而最后什么都没有得到。你不知道我经历了什么，这一切，你都不知道。你不要以为你现在医生做得有多么高尚，一个月几千块的薪水，奖金每个月都被直接扣掉，在医院甚至没有人喜欢你，没有领导愿意提拔你，你做了两年还是个流抢的医生……”

“至少我还愿意做医生，我愿意救人，丁律师，别用你那一套功成名就的标准来衡量我了，我在你眼里永远都很失败，你可以尽情地蔑视我，但是我手里还有手术刀，有朝一日，你早晚会生病的，到时候救得了你的不是你的钱，是我们医生。再见吧，跟你吃饭，我真的一口都咽不下去。”

宋大东是土生土长的山东人，一米八五的个子，骨架粗大，手长脚长。最开始到急诊科获得了所有老阿姨的喜欢，憨厚老实，笑起来虎虎生风。他喜欢普外科，认为做手术就是要真刀真枪，在五脏六腑大刀阔斧地切割缝合才够气派。当年在实习时他参加过八人八器官的肾脏移植车轮战，十六个小时没下“火线”，体力令人叹为观止，还俘获了一位患者女儿的心，爱火烧得如火如荼，直到现在。女朋友是奉贤人，听晓松解释，“本地人”不算上海居民，反倒算是上海人之外的农村人。肾脏移植花了她家不少钱，大东没有上海户口，一心希望通过自己的努力，让两个人都名正言顺地变成“上海人”，每天都期待着能攒到房子首付和女朋友结婚。在那之后，他特别努力工作，做大手术和开会，都有点畏首畏尾。

想到大东站在人群里露出被惶恐压得沉重的肩膀和脑袋，我就没心情回家，径直走回医院准备连夜班。杨医生示意我跟着他上楼继续做手术。这个二尖瓣膜置换的病例大东期待了好几天了，本来杨医生主刀，他要在一旁协助，现在连观摩的机会都没了。

手术室站了八九个人，一片寂静，只有止血时皮肉的烧灼和刀钳相碰的冷脆。杨医生三十四岁，沉着地开始了他的“冷兵器时代”——开膛破肚见真章，做心脏手术，仪器都敌不过灵巧的双手。我悄悄问杨医生：“病患家属和医院打官司也不是一次两次了，为什么大东那么委靡？”

“你和大东同一届的，性格完全不一样。你从来都不怕惹麻烦，大东家庭条件不好，还有个上海本地的女朋友，猛发论文读到博士，平时一个错误都不敢出，你能像他这么老实吗？”

刺耳的监视器传来危险的信号，出血了。我紧张地抽掉，他皱了皱眉头，伸手摸到出血口，钳住主动脉，止血，继续缝针，“医生太不容易了。我也遇到过很多次救不活的病人，多亏医院帮我遮风挡雨，我才变成了现在的样子。但是你也知道，你一直要绷着一根弦。说不定哪一天，你的判断错了，病人的命没了，一直绷着的弦断了，你的职业生涯就停了。你们这届当年一起来实习的五个人，毕业只有你留下了，你还记得吗？”

做完手术已经凌晨一点。我给丁俊榕发了个微信：“和我见一面。我要和你谈谈大东的事。”

他竟然没睡：“我在长宁这边的万丽酒店，4008。”

我敲开丁俊榕的门时，他的表情有点复杂，却依旧再熟悉不过了。七年前的我们经常这样见面，我走进奉城某一家酒店的走廊，敲开一扇扇类似的房门，看见他闪着欲望的脸，再剥掉彼此的衣服，这一系列的动作就像是躲避他人目光的犯罪。

他的身体我依旧熟悉，五年对我们来说只有皮肉微妙的变化。人拥有生理欲望时的神态和正常的时候不一样，看起来不像人，而像急切的动物。看着他的脸，我觉得他和以前一样像只野兽，只是我的目光不再追随他，他有点慌张。

时隔多年，我终于能把对他的情和欲分开了。以前的我经常喜欢在情欲过后紧紧地箍住他，贪婪地闻他身上沐浴露的味道，意乱情迷。年龄大了是件好事，他一泻千里之后，我翻下床去洗了个澡，出租车上急躁的情绪被浇熄了，我竟然没有想象中那么怀念他的身体，反而像是场“约炮”。看来五年来我进化得不错。

走出浴室，我把灯猛地打开，他显然没法接受突然的光亮，低低地冒出一句脏话，从被子里甩出一条腿。然后，他大腿上圆形的疤痕暴露在我的眼前。我伸出手摸了一下，他顺势抱住我。

“天哪，时隔五年能这样抱着你，我真没想到。这简直是几年来，我活得最幸福的一晚。我叫了杜松子酒，加青柠檬，你的最爱。”

“你记错了，我从来不吃柠檬。”我轻轻地躲开了他，点了支烟，“腿上的疤是怎么搞的？”

“你离开美国后，我在备考主治医师执照，遇上了一对父女。女儿不停地打嗝，医院只给了些药就打发她走了。你知道的，在美国不严重的病都需要排队。后来，她因为开车的时候打嗝发生车祸，脑死亡了。当时我是住院总医师，女孩签了DNR和器官捐赠，我必须要听从主治医生的指示，拔掉她的呼吸机，医院里正有肾衰竭的人等着她的肾救命。他的爸爸就给了我一枪。”

我的烟灰掉在被子上，长长一截，被套被悄无声息地烧黑了一小块。丁俊榕说：“当时正好打穿了我的动脉，我在梦里觉得自己要死了，而迈进鬼门关的瞬间我发现，我父母不在我身边，连你也走了。一切都没有意义。”

“所以你选择了回来。”

“对，我再也不想做医生了。我的同事总说，我们是对上帝发过誓的。有什么用呢？一个毫无情理可言的职业，我为了治病救人苦读了十二年，一刻都没停过，最后差点流光身上的血。现在我只想用这些经历得到钱。钱才能让我活下去。而现在我又拥有了你。”

“别这么想。”我现在要是不赶紧解释，估计又要陷进和他的感情旋涡里。

“那……你究竟为什么来和我赴约？难道，你还放不下我？”

我沉默地看了看他的眼睛，他真的变老了许多，眼角略微下垂，也有了细小的纹路。心头一软，我差点回抱他。沉吟片刻，我改变了想法，冷静地说：“我只想你们放过大东，放过医院。”

“什么？”

“医院就算赔偿六十万，大东也要背上好多年的心理阴影，这对他不公平。”

丁俊榕暴躁地坐起来把被子猛地一掀，两只手插进发丛里，用力地吸了一口气，“冯遥，你真的……我操，你拿自己当什么了，救苦救难观世音吗？就算真的上了法庭，医院也绝对不会输的。用你的脑子想一想，药剂量都是在正常使用范围，医院的法务一定会搬出当时的血氧含量和心率来解释清楚并发心脏病的原因，宋大东根本就不会有事。你却为了一个你的同事来和我睡觉，用自己的身体换一个和自己不相干的人免责？就算你医术精湛，你也早晚会毁了你自己。天啊，你简直蠢得无药可救。”

我用了一分钟狼狈地把衣服穿完走出门，一路跑出酒店，每一秒都在被时间凌迟。

凌晨五点，我的身体困了，大脑却异常清醒。该死，只要面对丁俊榕，我就总能犯下一些让自己都没法直视的错误。我已经五年没有这么浑过了，我以为隆胸手术那次我就清醒了，从美国回来的飞机，十二个小时的颠簸也足够让我清醒了，然而在我觉得自己已经能掌控生活的时候，现实就这么准确又直接地摆在我面前。冯遥，你又糊涂了。

整整五年，我做医生而建立的尊严，勇敢地接下一个又一个棘手的病例，而仅仅一件小事，就让我把当年挨过耳光的脸又贴了上去。我走在深夜的马路上，觉得自己披着月光和路灯的影子，像个即将被送上刑场的死囚——罪名一定是愚蠢吧，还有什么能让我这么狼狈？

既然都已经这么不堪了，那么索性让这个夜晚再糟糕一点吧，我颤颤巍巍地拿出手机，拨了一个五年都装作没见过的号码。也许他早就已经换号了，奉城离上海一千两百公里，我和他的距离说不定已经要用光年来计算了。但是此时此刻，我只能想到他，这么狼狈的时候能给我一耳光的只有他——

“喂？”

Chapter 3

最后一程的记事本

你的灵魂，底色是什么？

明朗，上进，忧郁，还是狡猾？

特别耿直的灵魂，无法从容地学会察言观色和明哲保身。比起其他的职业，急诊室医生要感谢上帝，他们只需要靠敏锐的判断力和灵巧的双手和人打交道。在我十二岁生日那年，我爸冯怀雍警官曾经在烛光中告诉我，耿直，是成年人最难保持的人格。那天他喝多了，胡子拉碴地对着我的脸颊蹭了一下，笑着说，记住遥遥，耿直的人就是这种感觉。我的脸颊顿时红了，火辣辣地疼，实在是不能理解，这种让人不舒服的感觉怎么能和一种善意又果决的脾气相提并论。后来，在频繁地应对急诊病人，听到家属无理的要求或者个人能力被医疗体系的边际弹回时，我的心底总会隐隐地泛出一点不适。爸爸这句话在我流失的成长记忆中幸存了下来，变成了我最不可磨灭的部分。随着工作，我偶尔会感到困惑：这种被我爸爸视为人生骄傲的“耿直”究竟对不对？我能带着这个特质走多久？

大东猛地拉开柜门，把自己的夹克摔了进去。听诊器被震到地上，他气急败坏地在地上挠了几下，“妈的，还跑！人倒霉真是做什么都不顺！”他周末去参加了家属的和解谈判，对着丁俊榕的脸拿着化验报告和他争辩许久。以丁俊榕盛气凌人又胡搅蛮缠的性格，大东能和解成功，实属不易。

“好了，这不是回来上班了？”晓松替他提起听诊器挂在脖子上，“饭碗保住了比什么都强。”

“靠，我再也不想喝酒了。”

“好歹是免除了官司，打预防针呗。”

“领导说的话一层套一层，我都听不明白。”他脸色像吃了发霉的瓜子，恶心，又吐不出，似乎做错了什么。

我本来想装作没看见，等同事都走后，我关上柜门靠近他，“偷偷给你讲，读研实习那会儿郭主任觉得我能力还不错，就带着我一起去见几个市局的领导。这帮中年男人见我是小姑娘，就找各种理由敬我酒。结果我喝多了，臭脾气上来了，把每个人都得罪了一遍。当时有个领导曾经说，小冯，喝完这杯酒，我送你去地铁站，夜深了。我一脚把凳子踢到他面前，回答我能回家，我自己有腿。他捂着膝盖，估计是磕疼了。”

“牛逼。然后呢？”

“郭主任再也不敢叫我去陪领导喝酒了。他现在也是缺人，拿我没办法。反正都是靠能力吃饭，你的底线，你得让他们知道。”

“罗刹，真没看出来。”他眉目舒展地说，“跟你学习。”

大东的事情最终以家属撤诉告终。这件事轻描淡写地变成了他英勇救人的荣勋，没人知道这背后发生了什么，丁俊榕也没再出现在医院里。万幸，这意味着急诊室没有医患纠纷，以及，我的生活可以恢复平静了。

在处理了十几个病情较轻的患者后，电话终于来了——我和一个牙医约好了买他们淘汰的牙医综合台——出租屋的那个沙发需要被换掉，牙医综合台貌似是个不错的选择，可以躺，可以接饮用水，灯光又恰好可以陪我复习《急救与灾难医学》，以及，和医院有点关系，就不会让我在清闲的时候胡思乱想。

当我到了西藏南路，已经有一男一女等在里面了。牙医门诊的人用尴尬的眼光看着我们："怎么办，只剩下一台了，前面五台都已经发到厦门，你们自己商量吧。"

女孩和我年纪相仿，目光看见综合台时比我兴奋得多；男孩油嘴滑舌，抛着媚眼："你能不能让给华夏？她没有男朋友没有性生活太可怜了，如果她今天不买回去，就要从十一楼跳下去了。"

我问："你不是她男朋友吗？"

结果男孩说："我娶她？妈爷子咧，我可不敢娶妇产科医生，还不如娶你，你比她漂亮多了。"

说完他就被身边的女孩用胳膊肘怼了一下，我看了看男孩的脸，桃花眼厚嘴唇，说话摇头晃脑地带着戏谑和不羁，一瞬间我有点伤感。女孩戴着眼镜，看起来很想赢，"我就是想用这个牙医综合台做个床，他是我拉过来做苦力的，抬进电梯就行了，还跟我抱怨浪费他周末。"她为难地看了我一眼，看得出她特别想要，于是我说归你们了，我也想当沙发用，反正老公房我抬不上去，太大了。

"真没想到，竟然有和你一样癖好的人，这个世界，我服气了。"男孩歪着头看着我，装作没见过世面的表情把我逗笑了。他见我笑，说了一句，你是做什么工作的，留个联系方式吧？

“不用了，你最好别和我有什么交集，你来找我，都有性命危险。”

我招招手走了，听见他说，姑奶奶，你如愿以偿了，赶紧走吧，到你家还得开一百公里呢。

这个抱怨的语气让我想起了凌晨我拨出的电话，我回头看了他一眼，痞气的眼神和噘起的嘴唇真的太像了。

没有了综合台，生活还得继续。我把房东的沙发扔了，整个阳台空了下来，连着客厅变成了一块可以打滚的空地。手机里塞满丁俊榕发来的信息：“有空一起吃个饭？上次的事情我们需要好好聊聊。”“冯遥，别自欺欺人，你现在的工作绕不开我的。”“再不回，我就去你医院找你。你很不想在医院看到我吧？”

真是见了鬼了。

喝了杯咖啡的工夫，推进来的十三岁男孩，休克、畏寒、发热、头痛剧烈持久。家长说前一阵送去浙江的亲戚家住了几天，和表哥去工地玩，后脑勺被刮了个口子，没当回事，只去诊所打了个针。

男孩体征发热，白细胞增多，蛋白质含量增高，糖和氯化物含量降低；IgG和IgM明显增高；病菌数达110/ml。我心跳停了一拍，怕是糟糕了。转身跟实习生使了个眼色，实习生悄悄问我：“他还有救吗？”

我没吭声。隔了一会儿我说："你病程要写完整一点，他凶多吉少。"

"为什么？"扎马尾辫的本科实习生一时间没能从五年的医学知识里找出答案。

"送来的时间已经晚了，金黄色葡萄球菌感染脑膜炎，基本上治不活的。"

"我们至少要努力一下呀！"她有点着急。

"抗生素在二十四到四十八小时之内是最有效的，他隔了一周才送来，基本上无力回天了。"我想起了小梅。同样的情况下选择放弃，老杨的停职教育生效了。我拉着实习生的胳膊，她不肯走，想对家属安慰些什么。我用力地拽了她一把，"你该做的已经做了，说错话是要背官司的。"

两天后再见到男孩的父母，妈妈瘫坐在医院的墙角，几个人撕扯着想把她从地上拉起来。实习生自然也成了父母发泄的对象，站在我身后不知所措。她第一次轮转到急诊科，还没法面对崩溃的父母，甚至没法接受如此离奇的死亡——男孩只是放假时和表哥一起去工地玩，对于城市里见不到的建筑和设备特别好奇，没有人会对一个小小的擦伤在意，发热感冒也只当是着凉了，谁会知道这是感染的前兆呢？我想起杨老板经常说的那句话："阎王叫你三更死，岂会留你到五更。"

那一瞬间，丁俊榕躺在酒店无助地闭上眼睛的样子又出现了。就算和上帝发过誓，要为了医科献身，希波克拉底誓言也像一个谎言一样背弃了他。他变成现在的样子，一定也经历过刻骨的绝望。

杨老板用病例敲了敲我的脑袋，原来我歪在值班室沙发睡着了。他倒了杯咖啡给我，“那个细菌感染要转科的孩子是你接的？”

我心里一颤，“我没和你说，直接送去神经内科了。”

“于是你又替我签字了……你知不知道你又越级了？我要是看你不顺眼，真是随便就能捡个理由把你从急诊室踢到行政科办离职去。”

我不说话。他仰头把咖啡灌进肚子，“你赶紧准备主治医师考试吧，年限到了，你手术经验这么多，主治考过了上二线，我就不用管着你了。”

“哦……”

“大东以后不会留在急诊室的，晓松早晚得去接管他爸的公司，我只有你一个心腹了。你也是奇怪，住院医生都想去手术室多做手术，选好的专业写论文晋升，你竟然一点进取心都没有。”

“我不擅长和行政的事儿打交道，留在急诊室挺好的，真要做手术，跟着你也能去的。”

“你就不怕我哪天也离开急诊室吗？”

我哑口无言，这种情况真可能发生。我和老杨都是心脏外科专业，他平时总会有意无意多照顾我一点，我早就把他当成了急诊室里的依靠。

“真是不明白，你平时对待病人和家属都挺冷静的，但是一碰到私交，就总这么感情用事啊？”老杨用咖啡杯磕了磕我的头顶，“你在美国的一年究竟发生了什么？前一阵那个律师，谣传说是你前男友。你们是不是在美国双双落难了？”

“没有，我去美国的时候已经和他分开了。”

“放弃了这么好的机会回国读研，为什么？”

“因为我没出息吧。现在也挺好的。杨老板，你可千万别走，我在急诊室最喜欢的就是你了，你走了我可怎么办呀。”

“油嘴滑舌。赶紧跟我出来，上钟了。”杨老板见我不想说，找了个话头把我拉起来，他带上我的手术，没有五个小时都出不来。

其实，凌晨五点拨出的电话，对方迷迷糊糊的一声“喂”让我慌了神。熟悉的声音茫然地传来，仅仅是听见了我的喘息声，三秒他就认出了我。

“冯遥？”

我急忙把电话挂了。张慕岳能这么清晰地听出我的呼吸声，为什么？我被这样亲近的细节吓到，在无人的街头狂奔。跑出一身的汗钻进地铁，在值班室大睡了两个小时，梦里张慕岳帮我去医院推一架轮子坏了的轮床，他从来不穿凉拖，永远穿着最新款的AJ和干净的衬衫，梦里奉城气温32℃，他满头大汗地在医院门口照看轮床，轮子突然恢复正常，顺着坡滚了下去。他挡在轮床前被狠狠地撞了一下，轮子在洁白的鞋面压出一道车辙，他看见我满头满脸都是汗，龇牙咧嘴地说，冯遥，你这玩意儿不会就是“鬼压床”吧，你看我的鞋，你看我的鞋！

然后，我醒了。值班三十个小时后，我回家翻出了《急诊室的故事》，拉上窗帘给自己倒了杯威士忌。威士忌加可乐是我独住的最好伴侣，口感沉闷又朋克，能让我暂时忘记手术，忘记人情世故，飘忽地回到大学年代：我抱着免疫学的教材跑过宿舍区，社团的男孩坐在草坪树下弹岸部真明的《song for 1310》，不羁又寂寞的男孩儿盘腿坐在地上，手指灵活地拨扫浪漫。

我在奉城一直生活到二十二岁，和这座城市一样，痴情，仗义，乐善好施。张慕岳是我在大学时期最好的朋友，他家里和张作霖有着剪不断的关系，日子一直过得无忧无虑，人也机灵，从小就和幼儿园最漂亮的女孩手牵手，大学毕业后直接会被送到最好的“衙门”上班，人生的一切都平步青云。我们经常在医科大附近吃烧烤喝啤酒，必然少不了奉城烧烤老三样：豆皮、实蛋、烤面筋。他夏天怂恿我吃木瓜丰胸，冬天见我穿得少，刺激我找男朋友寻求“组织温暖”。

张慕岳和我铁到什么程度呢？就算和女朋友约会也一定八点钟送到宿舍楼下，然后九点准时爬上我的宿舍顶楼会面，医科大的老宿舍楼有侧楼梯，尘封着没用，他就顺着这个躲过宿管阿姨，和我一起看《急诊室的故事》。而自从去了美国，我就和他失去了联系。从酒店出逃的那个凌晨，命运孤绝让我想起了他，脑海里藏了很久的号码闪现出来，他一定是我人生最后的一根救命稻草。

我犹豫着，再次拨通了那个电话号码。酒喝多了，胆量比较嚣张，听到张慕岳的声音我终于没有退缩。对面劈头盖脸地问：“冯遥，究竟是不是你？你再和我玩捉迷藏，我就打死你。你用的是哪个小白脸的电话，回国怎么不和我说？”

“我在上海。”

“你回来了？真没良心，操，去了美国这么久，什么时候回奉城？”

“没有时间回去，每天在急诊室泡着。你还好吗？”

“我……挺好的。你现在是急诊室医生？太牛逼了。过一阵我去上海看你，你在哪个医院？”

“别来，没空照看你。”

“吊胃口。难道只有断腿了才能赏脸？”

我有点醉了，对着威士忌的瓶子吹了一口，想跟他叙旧，“张慕岳，你还记不记得，上大学的时候我们在宿舍楼顶私接电线，把整栋楼都烧短路了？”

“记得，那一夜整栋楼女生都在哀号，把我给听硬了。”

“我带你去过解剖课，你站在最后一排，吐得跟个害喜的姑娘似的。”

“妈的，我一个文质彬彬的男人，受得了你们跟切猪肉一样切人的大腿吗？”

他竟然都记得。果然，共同度过年轻时光，一直纠缠扭打直到成熟世故的朋友，成年后也脱不开对彼此的胶着。想着他在电话对面躺在床上也要跷着二郎腿的样子，我突然有点想笑。面前的整瓶威士忌快要喝干了——起初兑着可乐和冰块一点点地咽，后来直接对着瓶像吹啤酒一样灌，没有张慕岳之后我的酒都在家里喝——这句话让他听起来像是我一直没有告白过的爱人，我真是十恶不赦。

几年没见过面，之前的记忆却随着酒精鲜活了。张慕岳在电话里说："你可是唯一一个强迫我脱裤子的女人，这么多年，我可不敢忘记你啊。"

这句话说完，听筒两边都凝固了。有点什么隔在了我们之间，像一层厚厚的窗户纸，又像铜墙铁壁。我鼓起勇气问："张慕岳，你结婚了吗？这么多年……你现在有没有女朋友？"

说完这句话，我全身的神经都在颤抖。张慕岳吸了一口气，声音低沉了。我听见他说："冯遥，我……"

突然，硕大的叫喊声从门外传来："冯遥，你在家吗？我是丁俊榕，开门！"

我赶紧收了线，装作不在家，丁俊榕的拳头跟擂鼓一样，敲得我几次把手放在门栓上，想把他让进来。短信来了，他不依不饶："冯遥，你请假了，我知道你绝对是发低烧了。别问我为什么知道你家地址，你绕不开我。你不开门，我不会走。"

还有什么比遇上死缠烂打的前男友更可怕的事吗？这简直比医患关系还令人惶惶不安。

我打开门，丁俊榕像个瘟神一样踩着皮鞋闯了进来。似乎被他见识过我各种狼狈的样子，在他面前散落着没洗的衣服和医学杂志，我一点都不觉得丢脸。他在洗手间鼓捣半天，走出来吓了我一跳：他左手拎着维生素和阿司匹林的吊瓶，右手捏着针头和酒精棉签。

“躺下。”他已经来抓我的手了。

“你怎么找来的？”

“终于肯和我开口说话了？低烧还把自己喝成这个样子，亏你是个医生，找死。”

“我明天下午四点的班，大后天八点连班，只有今天能喝酒了。”

“你适合直接喝死，才不会给别人添乱。”丁俊榕的手法非常熟练，下手扎人也不手软，疼，非常疼。但是十几分钟过后，我昏沉的脑袋没那么涨了。

“为什么来？”

“看你对我旧情复燃了。我还是了解你的，我就赌你会不会酗酒，如果你喝醉了，你心里就还有我。”他的表情有点得意，“冯遥，你会懊悔那天晚上找我，就是因为还爱我，你不擅长嘴硬。”

“你刀子嘴刀子心，隔这么多年我还爱你，我就是脑子有病。”

“你早晚会明白的。陪你打完这个吊针我就走。”他看了我一眼，恍惚间他有点温柔，而下一秒他站起来，连鞋都没脱，勾着脚把我的衣服踢到脏衣篮，“冯遥，你简直不是个女人，把生活过成这样，你是个废物。”

“去你妈的。”我能报警吗？

第二天，低烧还没退，我被叫回医院会诊。在护士站就听见师兄议论，晓松的普外论文悄无声息地在《新英格兰医学期刊》（*The New England Journal of Medicine*）发表了。师兄的语气非常吃惊，“牛逼啊，这么忙也能挤出时间？平时他在科室看起来插科打诨的，实在不像个研究型选手。”另一位师兄哂笑，“可能背地里用功了吧，毕竟爹在中欧商学院里，谁知道哪个门路通了。”嘴上说着，他们手上依旧没停下给病历打勾，眼睛里迸发着对晋升的渴盼。

中欧商学院和发论文不搭界吧？师兄的想象力太丰富了。至于晓松的论文内容，似乎是他前一阵子经常嘀咕的3D打印器官。他经常打开腹腔遇到坏死的大肠和肝，有次抱怨说，做梦打开一扇门，结果眼前是坏死器官大集合，整整一面墙，排山倒海。他还伸手去摸，触感温热又僵硬，直接把他吓醒，四肢瘫软。自此他对于器官移植产生浓厚兴趣，经常半夜还在电脑前搞3D建模，多半是肝脏。至于他究竟哪来的时间，我也很好奇。下班时间他总是穿戴整齐说是去约会，还能写出发表在《新英格兰》的论文，真有他的。走到值班室，晓松意气风发地穿了件白T恤在休息室看手机，屏幕上女孩的照片有点暴露，他眉目轻挑，“我一夜都没睡哎，竟然给我送不新鲜的沙拉？冰草一点都不嫩！”说罢走出门去，套上白大褂像巾帼英雄甩斗篷。

大东说：“你看他，哪里像是发了《新英格兰》的人？”我被逗乐了，“应该是什么样？”他说：“就算不请喝酒，至少要请科室每个人喝杯奶茶。《新英格兰》啊，羡慕嫉妒恨。”我故意刺他，“他再这么发下去，要比你先评职称了。”听到“职称”，大东双眼冒火，“我不会输的，今晚就通宵！”

正想看张慕岳发来的微信，晓松拍拍我，会诊。十七岁女孩脸色乌青，恶心伴有呕吐，腹部肿胀；体温39℃，血压持续降低，肠音消失，神智不清。晓松拿着X光片“嘭”地往观片灯下一插，汗毛都竖起来了，“我靠，这究竟是什么东西？堵了这么长一块？”

“不会是胶皮吧？”

“谁会吃这种东西？再说了，会先窒息吧，根本到不了肠子这块。十七岁……这是什么？”

实习生凑了上来：“这上面好像有字啊……？”

“她估计是把考卷给吃了。和手术室通电话，急性肠梗阻，我们这就上去了。”见实习生脚步慢了，我有点暴躁，“动作快点，晚一步穿孔中毒了怎么办啊？”

手术室里，女孩的脸被无菌布角度微妙地遮住，我只能看见她的眼睛。女孩面颊清瘦，有点耷眼梢，即使睡着了也是低眉顺目的样子。晓松推门进来，手往手套里左右一插，嘴上慢慢地说：“父母都在门口急坏了，说女儿今天高三第二次模拟考试，成绩好像不太好，爸爸说了几句。大概是‘考不上大学家里也没钱让你去读夜校，你就和当年菜场小学的朋友一样去给人洗头吧’。”

“他爸爸直接这样给你复述的？”

“妈妈说的。”晓松拿起止血钳，帮我轻轻地压住翘起的皮肤，“妈妈说话也不太客气，骂老公的话比这还难听，女儿其实还算争气，长宁女高唉，少年时代的梦想女友胜地。操，这一段，要切掉了。”晓松指着灰色的一段和我说，比起周遭红得晶莹的正常器官，这小小的一段大肠看起来了无生气。

监护器忽然发出刺耳的声音，出血了。护士迅速地抽血，肠壁竟然破了个洞。我把手指伸进女孩的肚子里，“晓松，你看到我手的位置了吗？这里有一个尖尖的东西，你轻一点拿出来——”纸团出来了，里面包着一小块刀片，随着纸团露出了一个尖。整个手术室都不敢发出声音，直到止血后监护器恢复安静。

这些穿透口罩的气味令我眩晕，它们至少在肠子里有一个月了。女孩吃纸早就不是第一次，这次是新账旧账一起算了。我叹了口气，夹起的纸团被胃液蚀过一轮，团得又硬又重。这种伤我们能通过手术挖出来，心里的郁结呢？他的父母经过这事儿能意识到吗？

实习生站在我身后，说："这样的父母不配有孩子。"

我心头一凛，"这些事不该由我们判断。"

"还不够严重吗？如果是她父母躺在这儿，我都不会救的。"

"你出去，现在。越界的话，你永远都不许在手术室说。"我把止血钳撂在盘里，等实习生出去后，大东说："罗刹，你烧昏头啦？刚毕业时，我们也是这样的。"

"麻醉了也会听到的。"我不知道在对谁生气。

走出手术室，实习生已经在门外和家长吵起来了。孩子的爸爸有点激动，对着实习生大喊大叫："你们医生不治病救人，怎么还反过来怪罪我们？她吃了试卷，难道是我们的错？难道不该问问老师在学校怎么管教的吗？"

"你们是生养她的父母，难道你们不会觉得自己做错了？"

"我们已经生了她供她念书了，还想让我们怎么样？

跪着供奉她吗？”

“不要在医院吵架。”我走上前去，破天荒地没有和她的父母撒泼，也没怪罪实习生，只低沉地说：“您女儿长期吞食文具，我们诊断她患有异食症，异物里有纸，有橡皮，还有小刀片……这次康复之后，请带她去看心理医生。”说完，我严肃地看了一眼实习生，“明早测体温和血压，写好报告。”

已经凌晨三点，回到更衣室我直接躺在条凳上，连爬到值班室的力气都没有了。晓松对着微信用语音说：“今天先不回家了，周末请你吃饭；扣上手机却说，突然加班，我女朋友又要和我分手了。”

“哪个女朋友？”

“呸。”他伸了个懒腰，骨骼咔咔地响，“你对实习生真的太狠了，女人何苦为难女人？”

“我没为难她。她没资格评价别人的父母。虽然那些话我也很想说。”

“哦。”每当说起父母，晓松就不太搭话。我们没开灯，就着月光捧着两杯水。晓松逆着月光滑到地上靠着柜子，睫毛被月光投到了柜门上，向下垂着。没有谁会在夜里依旧藏得住自己的秘密，以前值班室里还是双层床铺的时候，我躺在上铺昏睡，被他的电话声吵醒。听筒传来的声音完全不给他反驳的余地："我从没见过像你这样脑子拎不清的人，我就你一个儿子，你偏要去做急诊室医生，这是什么活得长的职业吗？"晓松说，只要不回去受你管制，我就能活到一百岁。听筒被鼻息喷了口气："真来个医闹，我在你身上的钱就白花了。"晓松镇定地说："你就在乎钱。我没有追求吗？"对面的声音换成了女人："你的追求就是让自己不舒服。你看看晓英和晓雪，喝喝茶搞搞投资，活得讲究有派头，你下了班的样子真的很邋遢，有这个时间，找一个会打理家务的女孩结婚不好吗？为了房家的后代，你也……"

电话切断了。我在上铺纹丝未动，怕破坏了他的秘密。刚来医院，晓松就是个贵公子样儿，对女孩朝三暮四，考评时也没少给郭主任拍马屁，却也没少在病人身上较真，尤其是老人，总是温柔地哄骗他们打针吃药。记得有一次不熟的师兄开晓松玩笑，"干得不好就回家接管你的家业吧，富二代。"一向嬉皮笑脸的晓松突然沉了脸说关你屁事。整个科室鸦雀无声，只剩下呼吸机"滴滴"的声音。他转过身拎着病历走开时，脊背都是僵直的，到了病人面前又笑了，"你又来报到啊？今天喝的什么酒呀，再这样胃出血挂掉，我就救不活你啦。"

没等回过神，晓松突然问我："罗刹，你会在急诊室一直留守吗？”

“会吧，毕竟没什么别的地方去。”

“器官可以用假的，久了适配了，就和真的一样。感情呢？”

我看着他。

“我分不清什么感情是真的什么是假的，也辨别不出什么是对的，什么是错的。你说，我们是不是做医生越久，就越麻木？”

我摇了摇头：“你已经够温柔了。该改的是我。”

晓松没听见，手臂架在凳子上睡着了。我靠着铁柜望着窗外，期待窗外的树枝上飞来那只乌鸦。太困了吧，我有点恍惚，耳边嗡嗡地响，像是平行世界的声音飘了过来。脑膜炎男孩和吞纸女孩坐在我身边，他们都活着。他们歇斯底里的父母都在远处哭喊着跑过来，离奇地都越跑越远。他们恐慌地站起身来问，我们的爸妈是在离我们越来越远吗？我说，可能是吧。女孩说，我不想失去他们。男孩说，我想，我厌倦了他们所谓的保护了。我有些难过地看着他们，男孩说，医生，你告诉我，抛下父母离开世界，这件事对吗？我说，作为医生，我没法回答你，但是作为活得久一点的人，我觉得这件事不对，失去了，你就没法再感受到他们的爱了，至少我，非常自私地想有人爱我。他们问，那如果永远也见不到最亲爱的家人了呢？我说，就会像我这样，每次遇到你们，都把这种感觉复习一遍。

过了两周，跟着我轮转的实习生从急诊科调走了。走之前她和我在医院门外一起喝了杯奶茶。她说：“学姐，我收到麦田的offer了，四大的面试也通过了，等轮转完毕业，我就不再做医生了。”我说：“这样啊，有点可惜。”她见我有些冷漠，追着问了一句：“学姐就不想问问我为什么辞职吗？”

我只能说：“难道是因为那个脑膜炎的男孩和吞纸的女孩？”

她说：“没错，但是，导火索是你。”

我看着她，脸上的表情一定写着“莫名其妙”。她扎着马尾，稚嫩的面容突然激动了：“我一直犹豫要不要做医生，实习的日子每天都很压抑。学姐，你太伤人了，我厌恶你这种直来直去。我知道你见过的病例比我多，经手的死亡病例也不少。做医生真的接触太多社会的阴暗面了，你性格很糟糕。”她顿了一下，还是开口，“你哪怕温柔一点点，周围的人也会跟着舒服很多。你看你现在顶着黑眼圈，不愿意好好打理自己，活得一点都不精致。上海多梦幻啊，这么舒适的城市，明明还可以有其他的选择，爱得惊天动地又轰轰烈烈，买一颗祖母绿切割的婚戒，穿得精致摩登不好吗？现在我才二十二岁，精彩生活才刚刚开始，就被困在牢笼里，像你一样每天都在医院没日没夜地工作，我不想这样。你在医院这么久，你的心太冷了。”

她的陈词一点都没错，我甚至被她的严肃感动了。我说：“走吧，你把今天的病程写完，就能离开急诊室了。”我真的很想赌气地反驳她一句，什么行业都难逃繁忙，四大也不会让你的日子轻松多少，年纪轻就有断章取义的权利了吗？简直不识好歹。

我什么都没说。然后，黑夜终于漫上窗台。两台手术后，我不太困，悄悄地打开自己的柜子，替换的白大褂下藏着一个厚厚的活页本，用塑料书衣干净地包着。每次看见这个本子，那些命悬一线后温柔的黎明都源源不断地向我涌来。

这是我藏着的，每个夜班都雷打不动的保留节目。本子上用不同的笔迹记着我经手的所有病例。像实习生一样年纪时，我记下了妇产科轮转的第一个病例：绍美沁，女，三十五岁，从漕河泾赶来入院，怀孕四十一周，催产针两针，羊水栓塞，胎儿取出后实施抢救，抢救结束时间晚上八点四十五分，女儿小名六斤。二十五岁生日时，我已经来到了急诊科，遇到了最惊悚的病例：袁风山，男，六十二岁，肝硬化失代偿期并伴有严重腹水，长期酗酒，每天抽腹水1500ml。我还记得这个病例，他女儿因为他得了抑郁症，他送来医院前在家里随地大小便，对着女儿和女婿无理由谩骂。醒来看见输液的吊瓶，条件反射一样伸手说“给我酒”，我没给，就直接揪住了我的衣领，现场变成了“医生大战僵尸”……

厚厚的一大本，几百个病例都在我的本子里，脑膜炎男孩也成了这其中的一部分，金葡萄球菌感染脑膜炎，我还记得他叫胡昶，好孩子，下辈子不要再来急诊室。女孩出院了，正在接受心理治疗，她叫毕美月，笑起来总有点怯生生的。

在美国上课的第一天，教授站在讲台说了一句话：能记住你患者的名字，是你成为有血肉的医生的第一步。尽管我从美国逃走，这句话一直扎在我心里，生命消逝得那么快，医生作为最后一个陪伴他们的人，理应记住他的名字，写在纸上只是几分钟，但是至少能证明茫茫人海，我和他们的最后一程相遇过。

我在微信问张慕岳：“我冷漠吗？”

张慕岳一秒回复：“不，你比谁都热情。藏在心里，很少人能懂。”

实习生竟然直接质疑我的直率，她懂什么？因为年轻，上海就一定会赐她令人艳羡的人生吗？我不敢确定。只不过向往珠光宝气和质感生活的人，的确没法留在急诊室。至于她概括我是个不精致的女人，真可笑，我的细腻明明都在心里。所有不能了解这一点的人，都没资格评价我。

晓松推门进来，表情不太自然，我慢慢地把记事本合上收到柜子里，“怎么啦，愁眉苦脸的。”

“这个月没有奖金。”他的抱怨似乎比以前更多了，“我都发了论文了竟然不涨工资，难道我偷偷和护士私会被发现了？”

“估计是护士联名抵制你，领导为了安抚，把你的奖金给了他们。”我想着自己的梦，幽幽地说，“也有可能是失职了吧，在我们不经意的时候，以后还是得认真点。病例越多心里才越有底。”

“你就别给我当老师了，听说你停职那一周直接扣了，怪不得你现在坐在这儿像鬼打墙一样。”

“哦。”我两手在口袋摸了一把，又无所适从地伸出来拍了拍，“要一起去吃早餐吗？”

“好啊，天都亮了，不睡了——夜长梦多。”

Chapter 4

梦中的阿尔法城

从美国回到上海后，我经常做奇怪的梦。梦里有一座城市，里面有我小时候住过的楼房，读小学时破旧的学校，还有穿梭过几座大桥和狭窄的小巷后抵达的市中心鱼龙混杂的商场。这些地方应该都是我二十几年来路过的片段，却总是充斥着阴森和恐怖，它们似乎从来没有明媚过。比如我换乘8号线和3号线的地铁站，现实生活中地处热闹的龙之梦商圈，梦中却是走不完的迷宫和错过就再也赶不上的通往村镇的火车。梦中和我擦肩而过的人，都没有表情，毫无生气，只偶尔和我激烈地争吵。我害怕这座破碎又颓废的城市，醒来后努力回想梦中出现的地方，用真正的记忆把梦里氤氲的黑暗替换掉——失败，结果从来都是失败。经常有似曾相识的建筑冒出来，带着暗绿色的青苔，把我扯入一个又一个的噩梦中。

因为这些，我喜欢夜班，喜欢留在医院。一切都睁着光亮的眼睛，呼吸机和氧气面罩细微的声响，让我觉得长夜在变得温暖。

春节快来了。家乐福和沃尔玛都在播放着《恭喜发财》，长长的队伍中几乎每个人都拿着年货，又是一年过去了。上海的各个医院都逐渐减少病人，为关闭病房做准备了。院里的医生越来越少，我竟然可以有时间坐在病床上发呆。

我依旧申请了过年留守急诊。这大概是急诊室所有人最爱我的时节，有人愿意留守在医院，他们终于可以全身心放松地过团圆年了。我妈的微信显示，她在遥远的伦敦开了场小型摄影展，穿着一条绿丝绒长裙配高跟鞋站在门口和人亲切地合影，我挺羡慕她。她在电话里和我说，你不要总是一个人闷着，多出去玩，尤其和男孩子一起，你们这个年纪还都活泼，没经历过什么风雨，不要总是和病人待在一起，时间久了要抑郁的。她说的不是完全没道理，只是她忘了我已经独自生活了十年，她也不知道自己的女儿已经变成了一个不太会与人和平共处的坏脾气医生。

除夕夜，十几个食物中毒的患者送进来，医院只剩下六位医生六位护士，杨医生正在陪妻子回乡的红眼航班上，医院一片忙乱。有对夫妻已经窒息，唇色紫绀，我想了三秒，管他的，救人要紧。于是，我一边给孩子戴上氧气罩，准备给夫妻插管，一边拨通了丁俊榕的电话。不出十分钟他飞车赶来，穿无菌服套手套，娴熟地插管，妻子严重到只能割开喉咙强制呼吸——在场的护士目瞪口呆。

那一刻我突然想起，他也曾经是个医生，非常优秀，优秀到我可以忘乎所以地爱上他。我和他一直忙到天亮，那对夫妻终于脱离了危险，一大家子躺在急诊室，竟然在相互拜年。媒体已经等在了急诊室门口，丁俊榕大大方方地把人让进来，“除夕出了事儿，你不让媒体报道，公众号那些草台班子不知道要把这场中毒编排成什么样儿呢！”

于是，戴着口罩的我第一次上了社会新闻头版。杨老板不远万里地打电话骂人：“就算他是你的前男友，曾经是个医生，你也不许再让他插手医院的事情！”

换班了，我没有什么地方可去——丁俊榕在衡山路租了个小院，时不时邀请我去过夜。我并不想去，但是在疲惫的抢救过后，我需要一些花草让我清醒，以及想和有血有肉的人说说话。

于是，我的新年就有了寂寞的酒和乡村音乐，以及独身男女经常会发生的事情。以前，性和孤独总被我误认为爱，现在看着丁俊榕蒙着被子呼呼大睡，我依旧有点恍惚，这应该是病。床边放着他当年用过的病历卡，他似乎想要帮我复习主治医生的考试。大概是睡眠不足吧，我需要再来点酒，以防再一次沉堕在他难得的温柔里。

突然，张慕岳的电话来了，他在燃爆的鞭炮声中兴奋地喊："冯医生，过年好！"

"过年好。"上海太平静了，我的声音都跟着轻了不少。

"上次你挂电话太不仗义了。话都没说完，等有空给我讲讲你这几年的事儿，我好久没你消息了，好奇。"

"好。我先忙了。"说完这句话，我心里特别虚。

我挂掉电话，发现丁俊榕平静地看着我。他递给我一瓶伏特加，"冯遥，我可从来没打算只和你做'炮友'，你如果一脚踏两船，可要提前和我说。"

"你再这样，我连'炮友'都不和你做。"

"你考虑一下，要不要和我在一起。你再这样下去，房租都付不起了，还不思进取地在急诊室混日子，到了三十岁，看谁还要你。"

"为什么你说话总能让我觉得被狗咬了？"

"冯遥，大城市的生活很残酷。你和我谈过恋爱，知道我是什么样的人，理应信任我；碰巧我也还爱你，旧情复燃没什么不好。”

三十岁左右的人衰老的信号是什么呢？隔着这么远的空气，我也能闻到丁俊榕醒来后，来自牙缝和内脏腐烂的口气。我走下床，脚趾勾住远处的拖鞋，“你单身一定是因为说话太难听。你刚才也说了，上海这么大。那你何苦揪着我不放？年轻的女孩子都爱你，没人会在意你的口臭。”丁俊榕做的三明治真难吃，我准备回医院给自己打葡萄糖，听他说话简直是一场自残。

年后的急诊室和往年并无区别，嘈杂，混乱，形形色色的人摩肩接踵，对偶尔走过的医生投来求助的目光。我松了口气，实习生比往年爱岗敬业得多，并且真正有想要留在急诊室的女孩子，叫顾小冰。黑长直的头发，喜欢扎两个垂在耳边的辫儿，看起来比实际年龄稚嫩。据说她是看上了房晓松才情愿留在急诊的。倒没什么不好，年轻女孩儿为了爱情做出的一切都是死心塌地的，何况她查房写病程专业又迅速，好过同届的所有男孩儿。看见小冰跟在房晓松身后殷切的眼神，总让我想起当年看着丁俊榕的自己。算了，那些房晓松下班后暧昧的邀约，还是不和她讲了。

晚上八点，我和晓松带着小冰当班。一个成年男子被120送进来（一般120患者是不会送到急诊室来的，体系不同，而我当班总有意外，比如这种），喉头水肿，口唇紫绀，面部潮红多汗，血压70/40。他对着天花板不停地说："我剥了一个人的头皮，给了船夫，于是他就带我进水洞了，嘿！"小冰吓得后退两步，"房师兄，他怎么啦！胡八一附体了吗？"

"他说胡话是幻觉，你是小说看多了。"晓松让她放轻松点，我紧急插管后说："这不会是急性冠脉综合征吧？要不要打电话叫老杨？"

"冠脉综合征不会有幻觉吧。"晓松朝着外面大喊，"家属呢！家属在不在！"

病人的喉咙飘出一股酒味，家属急匆匆地跟进来，直接扑在男人身上，"老公，快救救我老公！你究竟在他喉咙里塞了什么东西！"

"他对什么过敏吗？最近有服药吗？"

"他前几天牙疼，去医院挂了点滴，头孢。"

"喝酒了？"

"同学聚会，大伙让他喝酒，他好像喝了几瓶。谁知道直接就倒了……"

"几瓶？傻逼吧！"晓松嗓子眼里冒出一句，把家属搡到门外。洗胃机被推过来，我转身跟护士说："静脉滴注葡萄糖，加维生素C、维生素B6、地塞米松10毫克。"然后跟晓松对视了一眼。

门外焦急地等着的似乎还有病人的同学。有两个人抄起电话打给了熟悉的医生，问这个情况能不能转院。一个腰带系在肚脐下的中年男子吆五喝六，说已经在静安的医院打好了招呼，叫我们立即准备。我头都没抬，“知道120干嘛的吗？最近的医院才能救他的命。”他不依不饶，“不就是喝点酒吗？哪个同学聚会不喝酒？你们这些年轻医生懂什么？”

我深吸了一口气，“要吵闹去医院外面，地方大，随便你。你们是不是觉得医学都没什么用？觉得有钱什么都能摆平了？你这个同学现在是双硫仑样反应，头孢加酒精，严重了会死。你认识一百个主治医生都没用，酒已经喝进去了，祈祷他命大吧。”

老杨再三叮嘱我对患者不要这么恶毒，会被报复。但是每当见到这种因没有常识而出事的患者，我总是忍不住骂人。完全可以因为小心谨慎而避免的灾祸，分分钟就这么发生了，严重的要用命来偿还。晓松说：“你看，要么财大气粗，要么‘我穷我有理’，我们还得忍着不唱黑脸，真憋闷。”我没好气地回答：“真的有朝一日我要跟医闹搏命，我就和他们手术刀肉搏，反正硬碰硬，至少我要把所有的道理讲一遍，医学从来不是给他们用来胡闹的儿戏。”

洗胃机轰隆地运转着，长长的管子从喉头伸进身体，男人的幻觉变成了深不见底的梦。没有意识是好事，否则他要感受自己的体液被抽出再灌进去的冰冷。我只觉得手脚发凉，担心面前的人会停止呼吸，明天就是正月十五，哪怕不能吃黏腻的汤圆，和家人一起喝粥也行。妈的，门外那些耍酒疯的人为什么还能笑？

晓松对小冰似乎没什么感觉，躲过她期盼的眼神，换走了我的手术。小冰没发觉，和我一同在EICU，主动和我聊天：“急诊室的病人比其他科室的吓人，分秒必争的。”

“对，有的时候要和死神赛跑。”我逐个检查病例，有位老奶奶竟然九十多岁了，好在各项指标还正常，祈祷她长寿。

“我觉得你们都特别性感。”小冰嗓音甜甜的。

“你是想说房晓松吧。”我看了眼表，十二点半，“你喜欢他什么？”

“我胆子不是很大，性格也很弱。我妈想让我去不那么危险的科室，而晓松比较……怎么说呢，他比较有决断力，这个我身上没有。”

“谈恋爱时自己没有的东西，不能问别人找补。”

“这句话……什么意思？”

“我是说，你不能强迫对方有你没有的东西。打个比方，你不会做饭，就想找一个会做饭的男朋友，是一种强迫。你可以自己学会点外卖。”

“我不太明白。”

“恋爱要用你的闪光点吸引别人，没有人会为了补上你的一块拼图和你在一起。”

小冰眼圈红了，走出EICU，“师姐，我去喝点咖啡。”

我的话似乎又重了，小冰也许会因为这个讨厌我。我也蛮讨厌自己好为人师，夜深了，我总是拦不住自己的冲动。如果几年前的午夜，我没有在醉酒的深夜主动去牵丁俊榕的手，也许我的生活就不会变得兵荒马乱——总有些你不可避免的东西让你偏离航线。

在大五那年，我认识了丁俊榕。从美国来了一大批医科学生在奉城做讲座，斯坦福毕业，刚刚开始实习生涯的丁俊榕医生坐在我旁边，被我手上的解剖娃娃吸引了注意力——他把我当成了实习医生格蕾，而他被音箱和摄影机所蛊惑，自以为是地当了一把Derek Shepherd——人总是把巧合当成命运，这恰恰是很多错误的开始。晚上，我们跟导师一同去吃饭。导师在酒桌上玩笑地说，冯遥是我最骄傲的学生，跳芭蕾出身最后从医，难道不特别吗？丁俊榕的眼神越过醉醺醺的一桌人盯在我身上，最后在我耳边问，要不要和我谈恋爱。我心想，谁怕谁，谈就谈。送我回家的路上，我和他并排坐在后排，黑暗中，我借着酒劲，勾了他的小手指。

丁俊榕每次回到奉城，我们似乎都是草草地去他家，或者附近的酒店，我陪着他写论文、等发表，陪着他复习美国的主治医师执照考试，以及发泄无尽的情欲。他给我的永远是虚空的梦，梦里是酒店走不到尽头的走廊，毫无爱意可言的欲望。他和我说过的最多的两句话，一句是“国内的医生能有什么含金量，你要读心脏外科，还是出国吧”；另一句一直扎在我心里，“你还是隆个胸吧，否则我早晚要对你失去兴趣”。

而说过这些话的他，依旧喜欢在洗澡时站在门口，走过来戳我的腰窝说：“为什么你们跳芭蕾的女人，一块赘肉都不长？本来可以抽出来打在胸上。”他说得夹枪带棍，目光却是迷恋的；以及在我睡着时，打开我的电脑，一字一句地用批注格式梳理我的论文，即便它已经早被标注了期末成绩。每次气不过，还要摇醒我：“要不怎么说我不喜欢国内的学校呢，你写这种网上抄来的论文也能算优秀？你要多读点书再去做医生，否则一定会害死人。”

张慕岳不喜欢他，甚至因为这个给了我一巴掌。执迷不悟的我为了他去隆胸。这算是我人生中最轰动的事情了，也绕不开张慕岳……总之，我和丁俊榕分手了。每当我在深夜想念他的身体，眼前就不可避免地会出现酒店天花板上的吊扇，每一片扇叶都沾着厚厚的灰，不辞辛苦地运转着，白天，以及梦里，反正总有一天会掉下来。

服头孢后喝酒的人还是没能醒来。在我当班期间丧命的人又多了一个，患者的朋友找到了丁俊榕的事务所打官司，坚决想抵赖死亡是自己劝酒的错；无所谓，因为他打不赢，丁俊榕如果接下这个案子，一定是脑子进水。只是，不光是同事，连我都开始怀疑，我是不是真的和外号一样给急诊室带来不吉利了。老杨把我叫到值班室安慰了几句，提醒我主治医师考试时间临近，早点复习。我看着窗外，我已经好久没有见到那只黑乌鸦了。

走出医院，我便看见了丁俊榕的车。看到他车窗后平静的脸，一瞬间我非常想哭。他静静地点单，没有多说一句话，像是看穿了一切。只是，吃过饭他开去了新华路，进了一家叫“棉花”的酒吧。二月的风还很冷，他执意坐在室外——“你都已经脸皮这么厚了，给谁治病谁就死，还怕在外面受冻？”

我上辈子一定是作孽了。

两杯酒过后，丁俊榕突然说："换个行业吧，别做医生了。"

我被逗笑了："我能做什么？"

"你能做的多了去了。医疗投资知道吗？你最清楚这个行业需要什么。你看，现在手机支付是不是特别方便？互联网挂号、电商平台送药上门都实现了。定制体检、高发病群体的预防和监测、基因检测和遗传病的预先管控……你一定能发现更多领域。"

"这些我不行。"

"怎么不行？这些特别有意思。现在很多互联网行业都是虚的，创业公司都不谈盈利，都谈估值。和我说这些泡沫的人都为梦想窒息了。但是医疗行业是实打实的，世界上有多少人，就有多少人需要医疗。你虽然是个没什么脑子的女人，但是判断力还是好的。"他迟疑了几秒，开口问我："你当初从美国辍学回国，是不是因为我？"

"不是。"

"那究竟是为什么？"

"没钱。"

他的脸色阴沉了，一般他这个表情，都是我必须要坦白的时候。我不说话，只盯着酒杯里的薄荷叶。有些事没必要和他讲。

丁俊榕叹了口气，“你病人死了，医院的人都叫你罗刹，你自己不知道？”

“我知道你心里也认同这个外号。”究竟是谁这么大嘴巴，难道是老杨？

“我只是替你不值。每天都做丧气的事情，不觉得自己老得快吗？”他一饮而尽，扬手又叫了一轮，“你就没有想过不做医生？”

“没有。”

“怎么可能，你在临床也已经泡了快五年了，就没见过不讲理的家属和救不好的病人？”

“当然见过。”

“那还做得那么津津有味。”

“你还记得吗？以前我们刚谈恋爱的时候，我给你讲过我爸和我说过的话，他说人的职业，都是命中注定的。”

“不记得了。那会儿你说话都疯疯癫癫的。”

“还不是因为喜欢你才冲昏头的？现在我快二十七了，我越来越相信他这句话。我判断力的确比别人好，缝合也比别人快和稳。在急诊，快几秒是能救命的，如果不做医生，快几秒能做什么？反正我是想象不到。”

“但是你在医院的死亡率比别人高，这也是你命中注定？”

“我坐班的时间长，我的师兄是会挑病人的。有些人进来就已经没救了，他们直接绕过这些病例去救更有希望的人，当然死亡率低。如果做这样的医生，把死亡率控制在医院可控的范围内就行了，生病的人，你可以不去救治，可以拒收，让他们转院，至于他们的死活完全不是你的责任。因为这个我气馁过，真的，但是每个医生也有自己的追求和选择，我一个人来来去去了无牵挂，留在急诊室多救些人，也无所谓。”

“你傻。冯遥，你可真傻。白痴，国内的医院和医生，里面都是一群傻逼，自私。”

“丁医生，你是不是觉得自己是留学回来的，国外的医生和病人，都比国内的了不起？”

丁俊榕愣住了。他看着我有些涣散的眼睛，终于笑着说：“冯遥，你知道吗？我第一次真正喜欢你，就是你在美国顶撞我的时候。”

这个人渣，竟然云淡风轻地承认当年不喜欢我的事实。

在美国时我是什么样子？第一次剪短了头发，在黑餐馆打工，一小时七美金。读研的同学都很友善，而我还处在和丁俊榕分手以及生活中失去张慕岳的孤独中。只是失恋回到单身状态，那种滋味就像坠进了一口深不见底的井。总之，丁俊榕见到我的傍晚，我刚从黑餐馆打工出来，怀里抱着一本厚厚的《解剖学》，贫穷地穿着一条松垮的牛仔裤和紫色T恤，几乎让他认不出来。

他把我接到他的公寓——真可怜，他在美国的家只是一个十几平方米的出租屋，房间里只有超市临近保质期的面包。读大学时我总以为美国的医生住着高档公寓，医学生都有着崇高的地位，而到头来，我们都跑到了大洋彼岸经历了孤独和苦难。他说自己只是来马里兰州开会，很快就要回到纽约，送我回宿舍时说，这边的学生都比较开放，你不要吃party上别人给你的药丸，不要轻易喝酒。我点点头，他看着我，目光有点暧昧。

我推开他，他立即恢复了理智，换上一脸的虚伪和我说，冯遥，你不要误会，我马上就要和未婚妻结婚了。我并没有想把你怎么样。

在那之后，他却经常会开车来看我。开着福特的小跑车来，腔调十足，依旧对我的学业指指点点。我的功课却越来越糟糕，实习的半个月也受尽奚落。期末考试，我拿到了人生中的第一个写满F的成绩单，学校拒绝再发放第二年的奖学金；而丁俊榕又一次找到了我，说起他华丽的美国梦。他说，你最好找个美国人结婚，留在美国，这种方式最快，你知道少女小渔吗？没准你真能找到这样的男人真心相爱，陪他来一场黄昏恋。我看他脱了鞋在我家里抖腿的样子，一字一顿地说，从我房间滚出去，你这个人渣。

这句话是我咬着后槽牙吐出来的，他走的时候我第一次没有留恋，结果他因为这个喜欢我？人骨头缝里总是留着低俗的血。

几轮酒下去，就算我们都是豪放的年轻人，思绪也短路了。丁俊榕眯着眼睛靠近我："冯遥，承认对我旧情未了，并不难。"我说："不可能。我只是单纯地需要性生活，我不是当年的冯遥了。"

"我也不是当年的丁俊榕了。冯遥，人都是会变的。我是大腿被打过一枪，又被前妻抛弃的人。在美国我的确很膨胀，但是现在的我，你也看见了，一无所有。你一定没预料到还会在上海遇到我，你会觉得倒霉，我都理解。我过去对你太坏，是我的错，但不是谁都能学会珍惜。在我们都还没有麻木，没有习惯性仇恨对方的时候，抓住彼此的手，不难。你是深情的人，我知道。"

我看着他的眼角和发际线，医生的通病，他也开始了中年危机。我们都老了，没有谁能逃脱时间，他一无所有，我也是。

他牵着我的手，把车忘在了原地，在新华路上疾走。

寒风吹得我脑壳发胀，灵魂也跟着飘起来了，后半夜陌生的街道没有人，像在做梦。太冷了，他拉着我跑了起来。现在似乎不需要语言，我的鼻尖和嘴唇都失灵了，冷风灌进我的喉咙，吐出愉悦又虚幻的白气。那种坦荡的、足尖都在雀跃的感觉就是恋爱吧，尽管它来得猝不及防，但是撞昏头的我并不讨厌——小院的灯远远地亮着，如果这是在上海的、短暂地属于我的家，那么我承认它让我心里非常温暖。

推开房门，我弯下腰脱鞋，上面有病人的呕吐物，我都没注意。我犹豫着把鞋藏起来，还是承认自己的邋遢，去拉一张卧室里的湿巾。屋里一个曼妙的声音传来——

“你终于回来了。冰箱里的三明治都坏掉了。你是不是做了三明治给每一个来过夜的女人吃？哦对，罗刹又把病人治死了。她真是你的前女友吗？我看她是喜欢房晓松哎，否则干嘛在EICU开导我恋爱要靠吸引，她以为自己这么老了，还能勾引到富二代哦？”

我的师妹顾小冰披着我买来的毛毯，趿拉着我穿过的拖鞋走出来，直接撞上了我的眼神。她的表情和丁俊榕一样，充满了意外和惶恐。想要逃走的却是我——我真的把世界看得太单纯了，我以为丁俊榕在我身边围绕了几个月是真的爱我；我以为每个人酒后吐出的，都是积压已久的发自肺腑的真心话。此时此刻我真的很想抽自己一个耳光，就像张慕岳把我抽得晕头转向的那一个——都是成年人了，我怎么还能毫无顾忌地相信别人说出的一切？

新华路上的店铺都关门关灯了，黑暗的窗子透出的冷落终于让我明白，我梦里的城市又多了一条令我恐惧的街道。我仓皇地逃窜，它们甚至组成了一座城，在我的每一个梦里散布阴森，随着狂风呼啸。

Chapter 5

恰似你的温柔

在抢救室待了两年后，我见过很多推进来就再也没能和家属见最后一面的患者。医学的进步最终还是没能赶上生命的流逝。朋友在生日会上醉了，呢喃着说，如果人们能提前预知自己的死亡，选择安乐死就好了，这样还能体面地拥有一场告别会，在弥留之际和在乎的人告别。她的男朋友去年过劳死，刚推进医院就停止了呼吸。我说，并不是所有的人都能镇定地接受死亡，病人自己不能，家人也不能，很多签了DNR的患者一脚踏进鬼门关都害怕不已，希望被抢救回来，看得开是最不容易的事。

樱花坠落的倒春寒，我们在手术室外刷手时，我提起了这件事。大东看着自己的指缝："你有没有觉得罗刹最近感性了些？"老杨说："她一直都这样，你们都是带着有色眼镜看人。安乐死短期内不可能会推行的，人没有自己想象得那么看得开，尤其在中国。除了增加医患纠纷，暂时没有好处。"

晓松戴好口罩，丹凤眼伤感地眨了一下，"生离死别啊，谁能看得开？我倒是支持安乐死，患者可以少一些痛苦，只是活下来的人伤痛一点都不会少。以前我觉得，我一定要死在我爸妈前面，我没法承受这种失去亲人的悲伤，而现在看着他们老了，有朝一日……"他深吸了一口气，"如果真的要面对这种撕心裂肺的分别，我宁愿是我送他们，我来承担这种看别人走的痛苦。"

所以，在手握他人生死的手术室，失恋又算得了什么呢？

我依旧要带着顾小冰巡房、写病程、接急诊，忍受她看见我和房晓松一同出现时毫无愧疚的眼神。我终究还是小看了这个女孩，她似乎依旧和丁俊榕住在一起，并且坚持不懈地想要和房晓松谈恋爱，算了，只要她能留在急诊室就行。我深夜的失恋大戏就像宿醉一样，来去都是黑色幽默，结局随着酒精的代谢被清洗干净，余下的悲伤要在繁忙的生活中慢慢消化。

晴天霹雳还不止于此，房东的电话在深夜空降，我需要搬家。从房产中介路过时我瞟过一眼均价，我的工资根本付不起房租了。悲哀吗？每年上涨的工资都直接送给了房东，今年的房租终于超过了我的年初加薪，真是年度最大打击。杨老板那句话是对的，人要有上进心，做主治医生，八千五能变成九千五，想到至少能让我在日益凶狠的租房市场里找一间独居房时，眉头就皱得不那么难看。

中介热切的工作状态堪比我这种急诊医生，走街串巷地跑了几间一室户下来，均价四千八，装潢都“千刀万剐”。中介说，我们还有合租的房间，你要是觉得贵，就带你看看合租的吧？我说，别了，我作息不规律，还脏乱差，别破坏别人的生活了。——我想起丁俊榕把我的脏衣服踢进脏衣篮。见鬼，他什么时候能从我的记忆里消失？我已经不想追究是谁破坏了谁的生活了。

回到医院，我有些心不在焉。有人拍我的后背，竟然是去年自己拨120来医院输液的阿姨。

“小冯医生，你今天上班啦？我害怕你不出急诊，每天都来门口看看。”

我仔细回想了一下记事本上的内容，她应该是姓裘，“裘阿姨，你有事吗？哪里不舒服？”

“我身体好得很，是来看你的。我跟护士打听过，你爸妈不在身边，我煲点汤给你喝。”

“阿姨，真谢谢你了，不过你自己留着喝吧，我们都有食堂。”

“食堂做饭都随便的，阿姨这个小排是亲戚家带的，鲜得很。我不耽误你时间，你喝过我就走了。”

我只能和她坐在食堂。好久没和阿姨辈的坐在一起，我简直如坐针毡。可能是我有偏见吧，老年人大多执拗而急切，上次她在急诊室拉住我，我根本没法拒绝。但愿她不要给我介绍相亲，我一段时间都不想再操心这件事了。

“冯医生，过年值班了吧？”

“是的，留守值夜班。阿姨最近身体怎么样？”

“好着呢，就是扎胰岛素。糖尿病就是一辈子的，到死都甩不开了。”

“辛苦大半辈子了，好好照顾自己。”

“你们医生才辛苦。爸妈都在老家？”

“我爸去世了，我妈自己有兴趣爱好，四处走走。”

“哦！那真不错。我是走不动了，有病也麻烦。我女儿在国外，经常给我发照片，她读宾夕法尼亚大学的，毕业直接嫁给同学了，两年才回来一次。”

“真优秀。”保温盒打开，满满都是排骨，这老太太。

“你别嫌我烦。我听说你一个人，就总惦记着你。过年亲戚给了排骨，那么大一块，我在天井剁了一整个下午。我女儿说机票太贵，我没舍得让她回来。你们医生很辛苦，没有人愿意记得你们，看了病就走了。你这小囡拼啊，我偶尔来看看你，不打扰你。”

“谢谢阿姨。大家不喜欢医生也正常。有病有灾才会见医生，公共资源也有限，我们也不希望病人再来。”阿姨这个排骨汤可能忘记放盐了，搞得我非常想念冰箱里的五仁酱丁。

“我不能说‘我女儿不在，你就是我女儿’这种话，你们年轻人都不喜欢有压力，但是你如果有事，就和阿姨说，阿姨都帮你。”

搬家时，我没扔掉冰箱里的五仁酱丁。每次吃外卖我都拿出一点，像给排骨汤加盐一样吃上几口，想回味那天的感动。搬家那天，我坐在横七竖八的大箱子上给我妈发了条微信：“有阿姨给我煲汤了，过年了你都不回国团聚，我要认别人做亲妈了。”

然后，她真的来了。

我真没想到她会出现在急诊大厅。大东从我身边走过，被我的反应弄得有些惊讶——他似乎是没见过我在医院露出这样的表情。她穿着阔腿牛仔裤和薄风衣，戴着礼帽，我甚至隔了几秒才认出她。我们应该是有两年没见了，上一次来她还没剪短发，头发少了，头顶有点稀疏。

“遥遥，妈妈来了。”她四下张望，“我是不是耽误你工作？你把家里钥匙给我，我先去你家。”

我当然没能及时回家，处理了几个轻伤后，来了五十七岁的老爷子，老年痴呆症被儿子送过来的，嘴里念叨着意味不明的外语。胸闷心慌进手术室，直接发展成胸痛，晓松以为是心肌梗死叫了老杨，结果CT出来，食道穿孔，直接送去外科开刀。家属说老爷子平时就爱吃汤圆，过年的年货吃到现在，可能是积食了。

我看家属的表情无奈又厌烦，不停地看表。等到签字入院，家属偷偷地塞给老杨一个红包，希望老杨多关照。老杨说，给错人了，你爸爸已经转到普通外科去了，你们多来看看，康复了接回家就行了。家属有点尴尬，悻悻地把红包塞回口袋，生怕被人看见。

老杨回味地搓了搓捏红包的手指，“两千块钱想给自己买个清净，久病床前无孝子啊。”

我说：“要不怎么说要珍惜健康呢，人生就怕变数，变了，人的感情就难维持了。”老杨“嘶”了一声：“冯遥，你最近怎么这么多感慨呢，谁伤害你了？”

“没有啊。”

“是房晓松，还是你那个前男友？”

“谁都没有。我妈来了，我有点心慌。”

“哦，原来他们说的是真的。你妈打扮得这么时髦，跟个艺术家似的。”

“你是不是觉得，我不像她女儿？”

“像啊，你身材还是瘦的，当年要不是跳芭蕾一身肌肉，现在绝对不像。”

“我俩不经常见面的。我怕她不理解我现在的生活，每天在急诊室，家里……乱得一塌糊涂。”

“哈哈，”老杨拍了拍我的肩膀，“没有妈会嫌弃孩子的。”

我依旧是完成了二十四小时的轮转才回到家。推开门时，我妈正站在凳子上晾衣服，地面已经拖干净，她不紧不慢地抱怨着：“你怎么不买个晾衣杆？五块钱就能搞定的事情，你每次都要站着晾衣服吗？”

我只想大睡一觉，“我刚搬家，还没时间洗衣服呢。”

“冯遥，你不要告诉我，刚才的那些衣服你都没洗过。你一件衣服要穿多少天？”

“一周吧，如果病人不出血不吐在我身上，尿样不洒，能穿一周。”

她愣了几秒，一件一件把挂好的衣服扯下来塞回洗衣机，加了两盖洗衣液，“你是个女孩子，怎么能把自己的日子过得这么邋遢？”

这句话丁俊榕也说过，但是此时此刻我不想吵了。下班前的那个病人，十九岁的女孩为情所困在家烧照片，全身都烧焦了，我想打开静脉通道，一碰她的皮肤，烧焦的肉就掉在了床上。往常我都需要喝点酒才能把自己摔进睡眠，今天真的不用了，鼻腔里还留着烤肉的味道，闭上眼就是血淋淋的，拜托，最好不要做梦。

于是我说：“妈妈，我真的很困，你让我睡一会儿，就一会儿……”

再醒来，一股浓重的油烟味侵袭了我的房间。我妈做了三个菜，热腾腾的米饭摆在面前吓了我一跳——她以前很不擅长下厨房。红烧茄子，熘肉段，糖醋排骨……我几年没吃过奉城菜了，以至于把我妈看傻了眼，“你多久没好好吃饭了？”

“很久了。上海的奉城菜都被改良加了糖，娘里娘气的。”

她竟然在努力帮我缝好沙发套。看着她穿针引线，我忍不住接了过来，手术室里的缝合技巧有板有眼，把我妈看呆了，“瑶瑶，你手这么巧的吗？”

“当然了。”我洋洋自得。

“那还在急诊室待着干嘛？做点手艺活结婚算了。

你现在真的越来越不像是我的女儿，倒是你爸的亲闺女，一身匪气，粗糙。上海街道这么干净，小姑娘出门都抹口红穿高跟鞋的，你去永康路转转，看看自己像不像个异类。”

“妈，我穿成你这样去急诊室，高跟鞋踩不到半个小时就挂了。衣服就在H&M买基础款，洗不干净直接扔掉。”

“看样子我给你买的手包，还是我自己用吧。”我妈无奈地递给我一个蓝丝绒的链条包，四四方方的，一看就是她的品位。她喜欢一切让人看起来美的东西，小时候她回外婆家，爸爸给我扎辫子扎得歪歪扭扭，她就会笑我们父女俩很土气。她涂着深豆沙色的口红，齐耳的短发都别在耳后，我怎么会和她不像呢？尖下巴圆耳垂明明一模一样。

她在上海陪着我住了一个月，准确地说，我们并没有见面多久，即便我回家，除了睡觉，她都在陪我做主治医生的问答。她把题卡伸出老远，眯着眼睛念叨：“心脏叩诊浊音界向两侧扩大，心尖搏动及第一心音减弱，心尖部有3/6级收缩期杂音……遥遥，你们在医院也是这么交流的吗？这别人能听懂吗？”

她仔细地打听了一下急诊室的工作，思考了很久说：“我听下来，是不是你们科是医院里最脏最累的科室？”

我点点头，外科医生都差不多。她又问：“你以后一直都要做这个吗？”我说不会，总是要考到主治医生，有细分的专业，但是我不想离开急诊室。她倒是没骂我，只淡淡地说：“哦。那你有男朋友吗？”

哪壶不开提哪壶。我回答：“没有，和前男友纠缠不清了一阵，到最后他女朋友不止一个。以你过来人的经验，是不是这挺正常的？”

“一定是你心不够细。坏男人永远都不会浪子回头的，早点发现，早点免疫。你真的是你爸的亲女儿啊，感情用事又少根筋。要不是和我结婚，你爸一定还是条光棍，剃个秃老亮去抓犯人。”

我相信我妈在伦敦待人接物，一定会操着标准的英伦腔。她是奉城外国语学校保送大学的，那个年代，高挑的她身后总追着一群人，她去滑旱冰，有男孩愿意在门口死守一个下午，她就在旱冰场一直旋转到打烊。这种眼睛长在天灵盖上的女人，偏偏在一场聚会上认识了我爸——那个胡子没刮躲在墙角抽烟，准备逃走执勤的男人。现在说起我来，她浓重的口音终于回来了，挖苦我和我爸简直气吞山河。我爸最忙的时候一周才回一次家，她抱着一岁的我坐在床边担惊受怕，如果有仇人从窗口爬进来，她就跳起来直奔厨房的菜刀。她经常说自己的草莽气是和我爸结婚后才染上的，但是骨子里如果天生没点风流气，她怎么能爱上笨拙又不拘小节的大男人呢？尽管我爸去世那么多年，她终于拾回了自己，却始终没再结婚。我和她不愿回到奉城，似乎是同一个原因：我们没法再走进那个没有我爸的房子。

我妈约朋友吃饭，轻巧地出了门。我回到医院，老杨问主治医生考试复习得如何了。我回答看书呢，我妈在家陪我一问一答，答不对还骂人。老杨说不错，顺利通过了，我就放心了。

他似乎话里有话。我没仔细问下去，只跟着他去做手术了。患者心脏病突发，六个小时的冠脉介入手术，出来之后我的小腿肿得像两根大肉枣。我在值班室深蹲，琢磨着要不要去院外跑步，电话响了。

张慕岳应该是在玩游戏，键盘敲得噼啪响。他说：“冯医生，有空吗？我来和你话家常了。”

我在沙发上摆成一个舒适的角度，“我妈来上海了，这会儿我刚下手术，所以，我很有时间。”

“你妈还在外面漂呢？”

“是的，前一阵还去伦敦办摄影展了。”

“那得挺有名了，厉害。你们俩都不适合留在奉城，只有我这种闲散人士才适合在奉城留守，上个班打打游戏，清闲得跟六十岁似的。”

“你们这种阔少，在家里待着当然舒服。你这几年，都在干嘛？”

“现在想起来问我了？”他似乎关了电脑，“也没干嘛，读了个法律的研究生，毕业就直接进奉城市属的法院了，一直上班到现在。”

“平步青云啊。”我绕着稍微长长的头发。

“你不开心？”

“这你都知道。在医院我的外号叫‘罗刹’，因为只要我当班，死亡率就特别高。最近在我当班的时候死的病人有点多，还累，比较烦躁。”

“罗刹？这名字挺适合你啊，干干脆脆的。你上次和我说，要给我讲故事。当初是我送你上飞机的，你为什么回来了？”

“我在美国只待了半年就回国了。准备了半年考研，在上海读了临床的研究生。我在美国遇上丁俊榕了。”说完这句，我听见电话对面低低地传来一声“靠”。

“不是你想的那样，我英语不好，出去沟通很困难，第一个学期就拿了F。”

“因为这个就回来了？不可能，你不会是为了躲那个人渣，放弃了自己在美国的好机会吧？”

“张慕岳，你还记得我要为了丁俊榕隆胸吗？”

我和丁俊榕谈恋爱后，就从张慕岳的世界里消失了。而每当我受到丁俊榕的伤害，我就会叫上张慕岳去喝酒，一瓶又一瓶的雪花往肚子里灌，喝到最后，张慕岳揪着我的马尾，狠狠地给我一个耳光。那天奉城的天色又暗又黄，沙尘暴刮得我耳朵里塞满了沙，否则我的耳朵怎么一直嗡嗡响呢？张慕岳和我说：“冯遥，我操他妈，你还跟这个人渣谈恋爱？他的人生里从来都没有过你，你喜欢和男人睡觉，就来和我睡，他肥头大耳的，有什么好睡的？”

在那之后，张慕岳无论怎么道歉，我都不回复。最好的朋友竟然因为我的男朋友而打我的耳光，让我很没面子。隆胸手术的前一天晚上，我住在医院旁边的酒店。我一连预定了七天的大床房，想要躲过同学的眼睛。那个晚上，我一直觉得天花板上有架陈旧的吊扇，觉得它越来越近，随时都有可能掉下来。

我颤颤巍巍地拨通张慕岳的电话，说张慕岳，我要去隆胸，我怕，你不能嘲笑我，你得给我勇气。他在电话里说，你他妈在哪儿，你别做傻事！我挂掉电话，被天上的吊扇吓得一晚上都睡不着——我究竟是谁，我在为谁活着？

第二天早上，在我手术前一秒他出现在走廊。他冲过来的一刻，我眼前不停旋转的吊扇终于消失了，我甩掉拖鞋，光着脚冲过去撞上他，把头埋在他胸前，把十几年的眼泪都哭了出来。

张慕岳打断了我的思绪，“冯遥，这和你从美国回来……有什么关系？”

“我对美国不感兴趣，没有亲人，甚至没有一条街道能让我想起我爸和我妈……也没有你。隆胸那事儿让我醒过来了，人得为自己活着。我记得医生和护士都站在门口骂你，说你不负责任，没良心，那个热心又操心的样子根本不像是为了赚钱想给人开刀的大夫。他们有血有肉，有感情，我怀念他们。在美国孤零零地发展成优秀的医生有什么用呢？我在奉城长大，就算我的父母都不在我身边，至少我想一辈子听见别人和我说中国话。你可以说我没出息，或者矫情，我选择回家了。不过现在我有资格说自己是个医生了。尽管同事们觉得我对待患者凶神恶煞，我当班的死亡率高，但是这不妨碍我救人，我不在乎别人怎么想我。张慕岳，我不在乎。”我舒了一口气，“和你说完我竟然觉得好多了。”

“这才是我认识的冯遥，骄傲，自信，又直来直往。我算不算帮你把思路理顺了？”

“没错。本来我垂头丧气的，你真厉害。”

“你这样说我就放心了。”

“上次我们没说完，你现在有女朋友吗？在做些什么？”

“我啊，闲着呗，女朋友……没有吧。能让我动心的可不多啊，何况为我动真心的都得遭殃。你说是不是？”

我对着电话笑了。奇怪的感觉从头顶“嘭”地炸了，像是头发蠢蠢欲动想要长长一样。对于他我太了解了，我和他啃了上百袋鸡爪，一季一季地看《急诊室的故事》，一直到克鲁尼离开了剧组，张慕岳哭丧着脸说怎么办，他以后再也不做医生了，我不想喜欢他了。在那之后，他依旧陪我看《实习医生格蕾》，被Lexie Grey迷得七荤八素，立志要找医生做女朋友。只是，他的女朋友遍布各个角落，有一次在校门口碰到他，他揽着一个没见过的女孩过马路，替她背着硕大的大提琴朝着锦江之星去了。我训他说，你谈恋爱了就不要总是来找我，你不避嫌我还要面子呢。而他跷着二郎腿拆开鸡爪递过来，悠然地回答，关爱空巢女青年人人有责，况且我认识你这么多年，她们才认识多久？不值得让我抛弃你。我看着他没心没肺的样子，做他的朋友，比做女朋友更长久些。

然后，我回答：“对，所以我只想做你的狐朋狗友。”他只剩下呼吸声，似乎在等些什么；大东暴躁地敲了几下窗户，我只好把线收了，说实话，我有点舍不得。

值班回到家时，我妈在收拾自己的行李。她要离开了。她哼着《夜上海》，轻盈得像是《长恨歌》里的上海选美小姐——风光一时的王琦瑶。我有点焦躁，只希望她快点留我一个人在房间思考——张慕岳给我丢下的定时炸弹在没引爆前，我都没法把这当成一个危险消息公布给任何人。

“我看上海养猫的很多，不如妈妈给你买一只品种猫吧？”我妈突然开口。

“啊？”

“野猫我不放心，品种猫性格好些，又不用带出去溜，你只要回来清理猫砂就行，喂食都有机器了，很方便的。”

“你哪根筋搭错了，你看我像会养猫的人吗？”

“你不养怎么知道？”

“我自己都养不明白，猫给我活不了几天的。”

“你现在性格太古怪了，强势、自闭，和人交流都不会，给你养只猫说不定能改善一点。”

“你来了就是搅乱我的生活，”我气不打一处来，“我上了大学之后你还管过我吗？你都没在我身边，你怎么知道我性格好不好啊？”

她躲去厨房，竟然哭了。我跟在她身后，犹豫了半天，“我刚才说话太急躁了，我有错。但是我要是和你商量，你非得把猫抱到我面前不可。”

她不说话。我在她身边绕来绕去，“我知道你是好心，但是我在急诊室几乎全年无休，猫会孤独的。想要对别人负责，至少自己得有精力吧。”

“妈妈对不起你。我听说有阿姨给你煲汤，妈妈吃醋，又不知道该做什么。”

“妈，你竟然真的吃醋啊？”

“能不难过吗？我看见你的微信觉都睡不好了，急急忙忙订了机票。妈妈不在你身边，别人给你煲汤，我听着很自责，也很心疼。但是我有自己的事业，你也很忙，妈妈不想打扰你。我不知道你生活究竟顺不顺利，想帮忙又帮不上。”

我想到了张慕岳那句话，心头一凛，脑子一热说：“你放心吧，我不会没人爱的。等有了新的男朋友，我再和你说就是了。”

终于，我和我妈短暂的见面结束了。她不用我送去机场，自己定了专车，来上海才几天，竟然什么都玩得溜。她把头上的帽子摘下来扣在我头上说：“我走了。”

“好的，你照顾好自己，不要太辛苦了。”

“你也要谈恋爱。工作都是身外物，你自己的幸福才是真的。”

“再说吧。”我想起张慕岳的那句话，心有余悸。犹豫了几分钟，我钻进了她的专车。

车子不疾不徐地开出了市区。视野渐渐开阔，我看着她的侧脸，她若有所思。

“妈妈有句话不知道你会不会听得进去。对工作专注的人很难在生活上精致，对生活充满热情的人工作都做得一般，职业不是他的归宿。你和你爸爸都是把自己给了工作的人，所以，你做医生，我尊重你，也不愿意打扰你。只是，你若是真的想要爱一个人，一定要想清楚他和你合不合适。两个人都为工作献身，只会陷入越来越痛苦的境地。你如果有什么不明白的，就打电话给我。”

直到她进安检，我才问：“你说我到你这个年纪，会不会像你一样迷人？”

“当然了，你是我的女儿。”

她说完，和我招招手离开了。我站在深夜的国际机场，恍惚中回到了五年前。我最后一次见张慕岳，也是在机场。他送我去美国，跷着二郎腿在机场抖腿，我说你这么抖，我和你坐同一条板凳，感觉被你强奸了。他就嬉皮笑脸地说，冯医生，这就是我的荣幸了。

在安检口，我让过排队的一个个人，把时间拖到了最后一秒。张慕岳拎着我的包说，冯遥同志，到了美国别再迷恋汉堡薯条和可乐了，虽说你是巨蟹座，我一点都不放心你的烹饪水平，请你对自己好一点，别在治病救人之前把自己吃成胃癌了。我深情地说，张慕岳，没有你，我怎么办呢？张慕岳说，怎么会没有我呢，我一直是你的幺幺零，随叫随到，只是在美国，我帮不上你了。我把新出的第六季《实习医生格蕾》都看完了，等我看到第十季，你是不是就会回来了？

有些话我没有和妈妈讲，但是我可以和张慕岳讲。时隔五年再想到他，我突然情怯了。经历了太多生离死别，身上沾过太多血和眼泪后，我不敢再动情。如果张慕岳此时此刻站我身边就好了，我很想和他说，你知道吗？黎明时，我都会有无数次崩溃，我对太多患者动情了，希望他们能活久一点，甚至希望用自己的生命去换，因为每当治不活他们的时候，我就会觉得自己很没用，换回一个更想活着的人，也许更有价值。而正在这个时候，我的妈妈来了，她提醒我，好好活着似乎还有一点希望。如果我真的能踏出这一步，我真心希望，我能抓住点什么，让我不需要一次次提醒自己，这是最后一次心碎。

Chapter 6

你我所在的孤岛

八月七日的凌晨，我比别人更早听到了来自立秋的声音。孩提时代的凌晨，估摸着四五点，吹进房间的空气沁凉沁凉，马路对面住宅的楼顶，云彩混着迷蒙的、也没准备好醒来的天空，淡紫色里透出橘色和蓝色。檐端有鸟飞过，一掠就消失，不再回来。时隔二十年，开着摄氏十七度空调的我被冷空气浸透了膝盖，恍惚地以为奉城的秋天来了。故乡的秋天总是又高又远，透着不屑于关照离别和伤感的气概。到了上海，秋天来得晚，又多情，哪怕是窗边树上落着的乌鸦，在奉城的八月从不见踪影，现在也要专程飞来，在树枝的每个方向都要站一站，装作不经意地往值班室里瞥几眼，再害羞地飞走。我很享受地往毯子里收了收腿，像在家中的被子里赖着，等待被唤起床一样。

下一秒我的确是听见了急切的敲门声，“冯遥，起床！今天团建忘记啦？锁门干嘛，终于有了男朋友，背着我们‘打炮’吗？”

急诊室的团建，相当于群体社交灾难。四十人里被拉出来的十个人，仅有四个小时的休息时间，一大早被拉到郊区的农家乐，科室所有人围坐在灶台前发呆。刃开了一半的菜刀和塑料盒装着的柴米油盐摆在面前，灵巧的双手都僵在半空。终于，有师兄抄起菜刀，“顺着肌肉脉络切开扔进锅里不就行了？”一群人自信又怀揣狐疑地拿起菜刀点燃柴火，除了爱妻男大东，其他人的案板都惨不忍睹。开车赶到的郭主任遥遥看见农家乐的主人在灭火，奔下来一看，阿姨的上海话停不下来，“你们医生烧菜一个个哪能都跟枪毙鬼一样啊？”老杨站在我身边抱着手臂振振有词，“我们可都是急诊室医生，一天工作二十个小时，还指望我们会做菜吗？”

菜没做完，急救中心的电话就过来了。就像电视剧里发生刑事案件，警察集体佩枪出发一样，我们火速上车，不顾窗外被甩下的风景，拟好治疗方案，肾上腺素已经飙到最大值，似乎只有回到治病救人的戒备状态才最踏实。

到了医院，老杨直接拉着我去诊断一个重症病毒性肺炎的患者。病人呼吸困难，口唇已经出现紫绀，休克。我拎起尿袋看了一眼，薄薄一层。NICOM检测，低灌注评估，被动抬腿试验之后，我对老杨说：“床旁超声肺内‘B线’（人为设定的彗星尾状线，用来提示胸膜下间质性水肿），心脏指数1.9，LVEF35%，应该是脓毒性心肌病。”

“不要输液了！”老杨大喊一声。护士立即注射阿托品，利尿治疗后，患者的氧气面罩里终于出现了明显的白雾。老杨再三确认后，摘了口罩猛吸一口气，“这才是团建嘛，去什么南汇啊？”

晚上七点，老杨叫了一桌外卖，大东和晓松先后走进房间，还在争吵谁的病历更牛逼。在看了我身边的病历后，晓松“咔”地把筷子一掰，“什么嘛？老杨对罗刹明显是偏心。”

“谁让咱们都是铁血直男？罗刹长得又不难看，爱美之心嘛。”

“我看你们是司马昭之心路人皆知，都惦记过冯遥的美貌吧？就她一个心脏外科的人了，就那个场合，内科的都在路上，我不叫她，叫谁？”

配药科的护士也进来了，“这脏乱差的，我可真是受够了，到现在连口饭都吃不上。”她们拿起两盒饭走了，末了还不忘抱怨："真后悔和你们一辆车，你们图什么啊？"

房间突然安静，似乎大家还真的把问题当真了。大东嘴里塞满了饭，"铁饭碗啊，一辈子的保障，我就靠急诊室养家了。"

"俗气，你直接说赚钱就算了。晓松呢？"

"我为了钱？当然不，我内环两套房，还卖命赚钱啊？我纯粹是想治病救人，刺激。"这个倒没错，听大东说，最近他很少泡吧，改学开赛车，轮班结束急忙回家睡觉。

"老杨呢？"

"我呀，最初我是调剂过来的，后来做久了，这儿就变成我半个家，想走都舍不得了。尤其是你们这些虎羔子，总是给我闯祸，我怎么走啊？"他别有用心地看了我一眼，"不过，急诊室是最接近希波克拉底誓言的地方，每时每刻，每分每秒，都在为人类解除疾病作出一点贡献，时间久了，我就越发觉得自己神圣，这可能是我唯一可以和我老婆生下女儿的伟大相提并论的时候。"

"太神圣了——说了半天是秀恩爱，没劲。你呢，罗刹？"

没等回答，老杨对着门外点了点头说："快点吃，还有一台手术呢，我得早点回家，我女儿明天生日。"大东说：“这么巧？我女朋友和她同一天。”晓松说：“我妈也叫我早点回家，离家太近就是这个毛病。罗刹，你下了班要干嘛啊？”

“我没什么事，你哪个术后要我跟吗？”

手术结束，我回到ICU巡房，把每个病人的病历本都翻看了一遍，回到了值班室。手机不经意地会震动一下，让我觉得很安心。我知道，一定是张慕岳发来的有关于奉城的、并不搞笑的推送。它们有些是方言，有些是午夜情感答疑，还有一些是曾经的大学同学的婚礼照片……它们就这样带着奉城的气味和人情，遥远地包围了在异乡的我。就像上周，张慕岳大二时期的女朋友上传了一张儿子的满月照，半夜难得熟睡的我被他的连环消息震醒，隔着屏幕都能感觉到他的狗脾气：“她当年和我在一起绝对是撞大运，现在的男朋友一定是块猪头肉吧，儿子能这么丑！”

张慕岳比起我，生活一定轻松又无聊，看他每天躲在朋友圈中窥视他人就知道。他竟然还会把那些只属于东北的俗气、带有特殊韵脚的祝福转发给我，让我无所适从，只能装作没看见。只是在临近睡着时，我多了一个兴趣，把那些带着乡音的电台打开放在耳边，很快就会入睡，而且像让我梦回家乡的法宝一样，在深夜，恍惚中带我回到冰天雪地又覆盖黄沙的城市。

如果这样的生活能平稳继续，急诊室的同事们都在身边，那么在四十岁之前，恐怕我都没什么烦恼。

“十一”假期，我和老杨以及大东晓松都在急诊室值班。按部就班地接诊患者的我们，还盘算着偷溜出去吃一顿街边烧烤。老杨满脸轻松的笑容对着我说：“罗刹，你一会儿可千万不要突然扫兴临阵脱逃，是时候改一改你的孤僻了。”下一秒，他脸上的笑容猛地坠落，我回过头，他的妻子出现在急诊室大厅，小小的女孩被急诊病床推进来，已经失去知觉。

“患者杨朵朵，三岁，体温三十九度五，脱水昏迷。”

“肺部有杂音。”我的听诊器有些凉，她没有反应。我不安地看了老杨一眼，老杨心急火燎地朝着妻子问：“不是昨天已经退烧了吗？怎么又发烧？”妻子说：“突然又烧起来了，一直不退，我以为应该没什么，突然昏迷了。”老杨说：“你怎么不和我说？”妻子气不打一处来，“你总是在手术中，我哪能找得到你？”

急性肺炎的杨朵朵醒过来，只是不停地哭着说：“妈妈，我难受，我想回家。”她几乎从来都不喊爸爸。老杨在努力地压抑自己的情绪，故作镇定地陪同女儿验血，做B超。看起来昏昏沉沉的杨朵朵，哭诉的声音越来越小，老杨无处发泄，狠狠地抽了自己一耳光，“就不能快点吗！”

整个急诊室的医生都没有心情去接任何急诊了。B超出来后，急性肺炎的杨朵朵，左心房出现了45mm的间隔缺损。老杨和杨太太站在B超室外，一时间都没法接受这个结果——他们没想到，一直健康长到三岁的女儿，父亲是心脏外科的二线医生，会患有先天性心脏病；45mm的缺失，也不是一个小口子。瘦弱的杨朵朵只有三岁，不能从大腿进行介入治疗，这就残酷地意味着，真的要在她小小的身体上进行外科手术。好在缺失的形状狭长，在我看来，似乎不需要补片就能修补。刀削不了自己的柄，杨医生站在门外，束手无策。

两个都是受过高等教育的人，第一时间开始了对对方的指责。

“怎么办？”

“做手术，必须做手术。你怎么连这一点点事情都做不好？要是因为这个真的没命怎么办？！”

“我也要上班，她白天去幼儿园，我怎么会知道她又发烧了呢？先天性心脏病，怎么可能？你自己就是心脏外科医生，你自己都检测不出来吗？”

“每个人都不一样。我跟你解释了你也不知道。”老杨从来不会这么苛责别人，今天他像是变了个人，“你若是没时间带，就放到我隔壁的幼儿园，我来带！”

“你又想让我爸妈来带孩子是吗？只有你爸妈年纪大吗？早知道是这样，当初就不要生这个孩子，明明是你想要孩子，我并没有想留下她！”

大家都听不下去了，默默地走开，又留在不远处。我一边给病人输液，一边听着老杨说：“李倩，你这样说下去，我们的日子就过不下去了。”

“朵朵要是真的……我们就不要再继续维持下去了，我已经透支了，家里不只有你一个辛苦。我要的不多，杨磊，我和朵朵要的一点都不多，如果你能稍微为我们母女多花一点点时间，我们家都不会到这个地步。”妻子扶着额头，“手术之前请你不要在我旁边行吗？我想静一静。”

我趁着休息时间跑了出去。又下雨了，该死，能不能别像配合情绪一样冒出细细密密的雨丝？我还没准备好接受绝望。为什么生活总要给坚强的人一拳？越是看起来打不倒的人，就越要狠狠地打击一次，仿佛要逼他们对生活认命。我本想跑上几步，把胸口的憋闷吐出去，而身边堵了一排车，信号灯把他们拥塞在小路上，喇叭声不断，窄窄的人行道，左右两排人交错，雨伞相互打架，我夹在人群中，脚步越来越慢，几乎没了脾气。最后，我只能选择放弃，在路边买了一点水果和饼干放在杨朵朵的床头。看到小家伙的脸，心头又揪得发紧。

值班室没开灯，推开门时，灯光披在了老杨的背上，平时睿智又果决的他佝偻着身子耷拉着头，似乎猜到了是我，他没转身，只沙哑地说："冯遥，关上门好吗？我想一个人静静。"

我关上门，坐在旁边的床上，一时间不知道该说些什么。漆黑的房间沉默地接受月光冷漠的扫视，我被黑暗逼得怕了，先开了口："先天性心脏病不排除到成年后才被查出的可能，早发现早治疗就可以了，别担心，手术之后，朵朵会和过去一样的。"

老杨的头几乎要埋在膝盖里，没有用嗓音："冯遥，这个手术，你来做行吗？我带着你做过很多次，不需要加补片，不难的。"

"我？我一个人吗？我不行的。"

"我信得过你。我会找其他主治医生来和你一起的，手术室里得有个信得过的人。你答应我。"

"好。"我不能拒绝他。

老杨笑了，眼神却从来都没有那么哀伤过，"冯遥，答应我，一定要好好修补那块缺损。一定是我亏欠她太多，她才要这样报复我。你能想象吗？我的天塌了。如果没有女儿，我该怎么办？”他在值班室，突然把枕头蒙在了自己的头上，他的哭声太凄厉了，被棉花闷着，几乎是想把自己憋死。我试图伸手去掀开一个角，让空气帮帮他，他的头不停地往墙上撞，呜咽着说，我对不起她，我对不起她……

窗外有个影子一闪而过，那个身影应该是乌鸦吧？有那么一瞬间，我想冲到窗边大喊一声，让它飞回来；可我只定定地坐着，紧紧地握着老杨的手臂——这个时候，我得陪着他一起渡过难关，至于那只乌鸦，它太随性了，即便我追过去，它也不会回来。

朵朵退烧了，因为治疗及时，肺炎也很快得到了控制，虽然身上还被监测线缠绕着。老杨寸步不离地守在她身边，甚至没给自己刮胡子的时间。我不停地在查资料，手术被排在了下午两点。终于到了，朵朵，带你恢复健康的冯医生马上就要来见你了。

就在这个时候，郭主任突然叫我说：“冯遥，你出来。”

我握着听诊器走出来，三个不怒而威的人站在郭主任身边。郭主任说，这是财政局的赵局长，她母亲目前在七楼的高干病房输液，你上去照顾一下。

“她得了什么病？”

“室性心动过缓，已经做完搭桥手术了，为了避免并发症，需要抽调一个人上去。”

那不就是护士护理就可以？我哂笑了一下，其中一个男人昂着头，眯着眼睛睨了我一眼，用上海话对着郭主任说：“女的？护士吗？老郭，我把我母亲交给你，你可不要给我抽派什么愣头青啊。”可惜，我听懂了。旁边的另外两个人眼神里也充满了不屑，此情此景，我或许应该谦卑地说“您放心，我一定会好好照顾您的母亲，我有临床五年的经验”，但是郭主任错了，从他把我从病房叫出来的一刻就错了。我原地不动，表情自始至终都没有任何示好，甚至有点刻薄，“郭主任，杨朵朵的手术很快就要开始了，我暂时走不开。”

“我会安排其他人去的。”

“杨医生指定了我来做这台手术，病人是有权利指定手术医生的吧？难道已经排好的手术也随时都能换吗？”

“你没到二线，没资格做主刀医生！”

“就算这样，我也没有时间去做病房陪护，请您安排一个资深的护士。”

半个急诊室的人都在我身后不远处，屏着呼吸在看我的大戏。我岿然不动，觉得自己高大无比，“我不怕得罪任何人。我也不信奉什么所谓的权威，现在按照病症的优先级，杨朵朵随时都有生命危险，就是需要优先治疗的。”

“老郭，你们院的医生就是这样的素质吗？”

“赵局长，她不是这个意思。”

“你知不知道，我随时可以停掉你们的财政拨款？”局长的夫人发话了。

“那您不就是在公报私仇吗？制度是任由您这样位置的人随意支配的吗？请您在掌握权力的同时，能够发自内心地考虑人权。每一个人接受治疗的权利都是平等的，医学是给所有需要治疗的人存活下去的希望。这句话可能您这辈子都理解不了，但是在我们医生眼中，永远是一视同仁的，至少我是。”

“冯遥！现在去6号病房！别让我催你！”

“郭主任，您开了我都可以，今天这个手术，我必须要做。”我转过身，一刻不停地朝手术室走。拜托你们，谁也不要追上来，杨朵朵还在等着我，我可控制不住自己做出什么事。

我在洗手池前不停地闭着眼睛慢慢地比画，仔细预演手术的每一个步骤。背后门响了一声，心脏外科的主治医生关培辕走进来看到我，默默地等了三分钟，直到我睁开眼睛。他说：“一直听老杨说你性格挺奇怪的，刚才真是见识了。”我没睁眼，问：“什么意思？”他说：“你简直是只斗鸡。”我咬了一下嘴唇，“杨磊医生是我在急诊室最信赖的人，这么关键的时刻，我不能掉链子。”关培辕笑了，“杨医生让我转告你，这个手术让你主刀。”

我吓得退后了一步，“这怎么可以？”

关培辕说：“怎么不可以？我在你身边，你不会出问题的。”

手术台的灯亮着，小小的身体只露出了胸口一块皮肤，十号手术刀就在我的右手，隔着手套传来微微的冰冷。胸骨正中切口，纵切开心包，左心房45mm的间隔缺损，我对关培辕说，开始体外循环。不远处的不锈钢碟片开始转动了，我只有三十分钟的时间。拉开左心房的切口，在缺损上下端各缝一针，提起线尾，把裂隙用8字缝合法快速修补起来。最后一针结扎前，肺静脉的血液充盈在右心房，缝合完毕，我用袖子抹了一把汗，“和CT显示的一样，没有大面积缺损，不需要补片。”停止体外循环，不锈钢碟片停止了，整个手术室悄然无声，我心里想，拜托，杨朵朵，听见阿姨的召唤，心脏快恢复跳动吧。

大约十秒钟内，我恍惚地看了眼远处的不锈钢碟片，头顶有点沁汗。心中那个风扇又开始转动了，令人无法呼吸。所有经过治疗却医治无效的病人似乎又出现了。他们站在这间空旷的手术室，冷冰冰地注视着我。他们都已经变成灵魂了吧，有一位靠过来，碰到我的时候穿过了我的身体：我见过你爸爸，他想带这个小女孩走。我摇了摇头说，你休想。他说，这是你爸爸说的，你怎么不相信？我回答得很冷硬：休想骗我，他根本不是这样的人。他像个无法无天的罪犯一样狂妄地呵斥：只要你一天能看见我们，你就休想脱身。你说过你会尽力救治大家，会尽全力让我们留在亲人身边，后来呢？你根本没有信守承诺。活在旋涡里太痛苦了，死了舒服多了。你看杨朵朵，她就不痛苦吗？放她过来吧。

不行，不行，你们休想！

一个手臂狠狠地抓住了我。关培辕说："冯医生，冯医生，看着我！"

肃杀的灵魂都消失了，湛蓝的手术室灯光下，杨朵朵的心脏正健康地跳动着，我从没见过这么有活力的、幼小的心脏，灯光下粉得发光，随时都要从胸口跃出来。我从垫脚板上狠狠地跺下地来，摘下口罩颤抖着说："关医生，后面能交给你吗？我需要出去告诉杨医生，朵朵活下来了，我治好她了。"

老杨站在手术室前，和所有的父亲一样焦急地看着我，我没有卖关子，"老杨，治好了，你女儿还活着，你不会失去她的。今晚我会一直检测她的血压，术后你需要坚持给她吃抗生素……”

老杨没说话，我的胸腔摔进他怀里被紧紧箍住，呼吸有点困难。他抱着我的时候我似乎不是冯遥吧，只是一个治病救人，拯救了他的家庭的普通又神圣的医生。我突然没了力气，面前的一切都失焦了。我的爸爸也是这样抱着我的吧？活跃在破案第一线的冯警官，回到家的第一刻也是这样拥抱我的吧？在我发烧不肯睡觉，不停地哭闹的夜晚，他一定也是一刻也没有合上过眼睑，把我粗鲁地抱在怀里安慰的吧？为什么我就不能像其他的女儿一样，能在这个怀抱里停留得久一点呢？一个个春天和秋天过去，每一年都给人希望又衰颓地离开了，炎热的夏天让我迅速抽枝发芽，凛冽的冬天让我怕得骨骼缩紧，变成了现在的我。为什么不给我一个机会，把这个怀抱珍惜得久一点呢？我就不会永远只是一个人了，就不需要一个人战斗了。就可以说，爸爸，我今天累了，你能保护我吗？为什么不再给我一次这样的机会呢？即便是祈祷，为什么不能让时间随着风扇转回去呢？

新的一天醒来，我的头有点疼。手机的第一条信息是张慕岳发来的：“假如生活欺骗了你，不要悲伤，不要心急，忧郁的日子终将过去。”有那么一瞬间，我很想拉黑他。

“罗刹，你醒啦？昨天那一场好戏，今天怎么收场？”晓松从门外走进来，把豆浆往我脸上一贴。不知从什么时候开始，他们都愿意靠近我了。我这才想起来昨天我得罪了郭主任去做了杨朵朵的手术，搞不好还得罪了市局的领导。而下一秒，我听说大东和晓松也集体犯上，拒绝去高干病房，顿时头更疼了。

“大不了都被辞退呗。你们走了我也不想干了。”我吸溜着豆浆甩着腿，脑子里乱糟糟的。

“我跳槽去外企，是不是工资瞬间过万？还房贷就有钱了。晓松要是被辞退了，可以去开120急救车，赛车的课也不白上了。”

“谢谢啊，你们给我指了条明路。罗刹，你呢？如果被开了，你能去哪？”

“哪都不能去！”老杨把门一推，胡子依旧没刮，“冯遥，给我道歉去，就你一个人。你们几个谁都别想找个理由就从急诊室走了。我把你们培养成现在这样容易吗？”

老杨没道谢，我们也没认错。纸杯轻轻地往地上一磕，我走出门去。每天我都把他人的底线冲破一点点——大不了被开了。而真的被迫要离开急诊室的话，我能去做什么呢？回到医院做课题写论文吗？我根本受不了教授的颐指气使，也受不了实验室一切都靠数据不靠实战的环境。像丁俊榕说的，去创业公司工作吗？我根本没兴趣学会那些融资和运营，更懒得教会那些不懂医学又信奉风投的白痴。我把所有我能想象到的行业都迅速地在脑海播放了一轮——算了，我一定会是个对什么都提不起兴趣，什么都会搞砸的废物。走到主任办公室门口，碰到门把手的一刻，颓丧终于比推开门的风更早地拥抱了我——冯遥，是时候承认自己的无能了，离开急诊室，你什么都做不了，刚才神气的你像不像个笑话？

郭主任坐在案头，一言不发地在签字，和他不到两米的距离，周围的空气冷冰冰地凝滞一切，谁先伸出手发出声音，安静就被引爆。过了一分钟，郭主任的笔帽掉在桌面打破了寂静，愤怒也随之而来，“冯遥！你究竟要闯多少祸？信不信我把你从医院开除？”

“顶撞您，是我的错。”

“这不是你道歉这么简单的事。你以为我是那种阿谀奉承，遇到病患会急着拍马屁的领导吗？这是医疗体制的规矩，优先领导家属的治疗。而且病人真的病得不轻，你作为医生，第一时间想到的应该是‘一视同仁’。你知道昨天那个情况下，你的师兄多想冲过来顶替你吗？我多么信任你，知道你一定不会巴结任何人，结果你竟然直接在大厅顶撞，你让他们怎么看我们急诊室？”

我鞠了一躬，视线对着自己的膝盖，闭上了眼睛。那一刻我真的很害怕。仅仅是想到下一秒脱下白大褂，从医院走出去，以后不会再见到急诊室的同事，我的手脚瞬时都凉了。原来我这么害怕离开这里吗？

“杨医生已经来求过情了。不过冯遥，你真的要注意一点自己的言行，得罪领导对你有什么好处吗？”

“对不起。”

“写报告给我，明天就交！你们几个全部都要通报批评！真不明白，你们这拨年轻人怎么一点组织纪律都没有？有了一技之长都无法无天了吗？”

我从办公室退出来，大东和晓松早就在拐角等我了。听说我要写检讨书，他们破口大笑，“终于轮到你了！我从来没见过你写小作文，等你写完，我们一定要给整个急诊室朗读”。

“你们啊，积点德多活几年不好吗？对女人这样不怕下地狱吗？”

“你这种人渣算什么女人？”

我简直吃了一惊，“我是人渣？”

“是。”

“你们这么说就不像话了。”

“但是我喜欢你这种‘人渣’，活得有血有肉，作为一个女孩能这么‘人渣’，让人很心动。”晓松从口袋里摸出手机，笑嘻嘻地发语音：“宝贝儿，一会儿我去接你，想死你了。”

“我怎么听都感觉这不是在夸我呢？”

“宣布一个消息，我女朋友和我分手了。”大东插嘴。

“啊？”

“她生日那天我在医院，本来我想和她解释一下杨朵朵的事，结果她根本就没在乎我没给她过生日。”大东脸上没什么笑意，苦兮兮地牵扯了一下嘴角，“我他妈坚持了这么多年，觉得自己在真心为了爱情而战斗，昨天晚上她发了个短信说，身边有别人了。从今天起老子自由了。”

“册那——”晓松把刚发出的消息撤回，“今天不陪姑娘了，陪东哥。”

“咱俩这算朋友吗？”

“不算，只算同事。否则哪天你进急诊了，我还得给你献血捐赠器官。”晓松推开大东，回过头叫我，“罗刹，要不要一起去喝酒？”

我对着他们笑着说：“你们先去吧，我去看一下杨朵朵，随后到。”

Chapter 7

跃动即是胶着

心电图是医生工作中最经常接触的东西。数学原理说，两点之间，直线最短——当心脏的跃动归为一条直线时，生命就以最快的方式触达属于自己的永恒，和人间的一切都脱离关系。而跃动的曲线才是真正地“活着”，哪怕绕弯子，跌宕起伏。我曾经在记事本突然感怀：做医生要不停地搏斗，将那条微弱的线激起规律的电波，才能再和其他的线产生交集，人和人就又能因为持续的心跳，继续牵绊缠绵。

下着雨的清晨，面前的病人心跳停了。送奶工发现了倒在地上的醉汉，血液酒精浓度已经150mg/ml，在下楼梯的时候后脑磕在楼梯上，大面积蛛网膜下腔出血，导致颅脑损伤，送来的时候就已经没有呼吸了。我摘下口罩推开急救室的门，陈述了死亡时间后，被家属拉扯得像风中的芦苇。我抬起头，看见被紧紧抱着的朵朵，落单的杨医生再三检查了所有的指数后，陪着妻子一起出门了。一家三口的背影并没有其他患者出院时的明媚，杨医生回过头看着我，瞳孔暗淡了许多，神情像是海啸平复之后，那种不知道怎么去重建，怎么去恢复的茫然。大东依旧还在手术室，估计同样没有学会怎么去和“单身”相处，每天只要睡醒，就投入到不停的抢救中。我买了两个包子放进他的柜子，想起杨太太说的那句话：我和女儿真的都不贪婪，但是什么都没得到。

我们又得到了什么呢？

大东约了晓松会诊，午休回到值班室，两个人不约而同地睡着了。短短半个小时，我隔着门都能听见他们的鼾声。那天喝酒我迟到了两个小时——准确地说，本来我想避开他们的邀约，而当我回到值班室，这两个人竟然拉着窗帘已经喝到神志不清。大东声泪俱下，“凭什么啊，哪怕编个理由，为什么直接说不喜欢我？”晓松毫无怜悯之心，“为的就是让你彻底死心。”大东眼泪滑进嘴里说：“我这辈子再也不想恋爱了，有没有什么女人能够不谈感情，直接和我结婚生孩子？”晓松满身酒气地翻了个白眼，指着我，“你当着罗刹的面说这个，不怕被她机关枪扫射吗？罗刹，他喝多了，别介意。”说完他揽着大东的背，“结婚是深渊，你看我爸我妈都是交大的硕士，但是高学历家庭又怎样呢？对我永远都是鄙视和不屑。他们俩真的相爱吗？我活了快三十年都没发现。感觉他们中的一个从世界上消失了，另一个都没什么感觉。所以这世界上真有爱情吗？我宁愿相信我能救活所有人。哈哈！都是笑话！”

我直接把门关上了，喝醉后的肺腑之言都特别难听，反正他们醒来也不会记得了。接下来的二十小时休息时间，我破天荒地走出去转了转，跑到森林公园买了张票，走进去绕了一个下午，自己租了艘船在湖中间发呆，还给我妈发了一张照片。她立即回复了我：“我的女儿，你终于舍得把时间浪费在医院外了。”

“我想我爸。”打出这句话我就后悔了，果然，我妈没有回答。风吹过树，似乎说了什么，让树不高兴了，不停地摇晃着自己发出“沙沙”的声响。我坐在树下又追了一条信息：“世界上真的有爱情吗？”

“人生下来就是为了寻找生命中的挚爱。”说完这句话，她不再理我了，我坐在风中，发丝在我脖颈挠痒，像是我妈的恶作剧。公园真是个奇怪的地方，目光所及之处，每个人都是笑着的，奔跑的样子都那么有生命力。两个小孩在和金毛比赛谁跑得更快，当然是狗狗会赢；而当其中一个小男孩摔倒时，金毛竟然迅速地折了回去，在他身边打转。家长只远远地坐着，闲适地注视着这一切，没有像我想象的那样紧张地站起来，只是等小孩嘻嘻哈哈地爬起身继续奔跑，面容更加舒展了。那一瞬间我有点感动，亲情不像我小的时候那样无限度地黏腻了，没得到过度的溺爱而长大的小孩，似乎会更加成熟地面对离别吧。

算了，我真是不适合坐在这个地方，我该回去了。

我似乎很久都没有和张慕岳联系了。他除却偶尔的问候，很少和我说话。以前的我们总是每个晚上黏腻在一起，铁瓷地坦言倒霉的遭遇，或者做些不切实际的梦。不过回忆起来，他似乎也不知道我的过去，只知道我是保送到医大的优等生。现在他的朋友圈彻底沦至庸俗，时不时转发一个奉城晚报的八卦，或者不大不小的法制新闻，像是在对谁说什么一样。每当他发出些什么，我总是会下意识地多看一眼，这似乎是我为数不多的能捕捉到的，可以了解他的方式了。

立冬了，老杨回来上班，路过我身边时，我嗅到了来自季节的萧索。上海不见初雪，整个急诊室一片寂静。我的右眼皮跳个不停，虽然我不太相信直觉，但是大厅的过堂风吹得我打了个颤——夜晚的急诊室一旦病人不多，就总让我心里有点发慌。果不其然，一刻钟后，120的救护车在门口猛地刹住，医生跳下来说，患者无明显诱因地反复神志不清，每次持续三十秒到一分半，出现过一次口吐白沫。

看到病人的脸时，我的心在胸腔里剧烈地晃动了一下，更像是停跳了一拍吧，有一秒钟我以为他是张慕岳。辛欢，二十八岁，血压140/80，心律110，唇部紫绀。听诊器没有听见啰音，老杨看了一眼心电图，眉头拧在了一起，“二十八岁怎么就室颤？先天心脏病吗？”

在杨朵朵出院之后，他对于这类心脏疾病都要问是不是先天缺损。电压200除颤后，男孩的心律恢复了正常。我回过头，在急救室门口看到了焦急的女孩，终于回想起来，躺在病床上的竟然是和我一起买牙医综合台时那个油嘴滑舌的男孩。谁会想到我会在急诊室和他们再次相见呢？如果老天开眼，我宁愿永远不再见到他们。

又一次室颤了。老杨充电到250，连击三次，心率回归正常。他说：“冯遥，去和门外的家属问一下病史，准备让他们父母过来吧，有可能要做好死亡的准备。现在频发室性早搏，一直在做除颤，估计是交感神经风暴。如果持续这样下去，难说。”

我走出门去，女孩已经吓坏了。我镇定地问：“患者有心脏病史吗？”

“以我对他的认识，没有……”

“他是怎么突然发病的？”

“他已经连着在公司加班两个月了，每天都睡在公司。今天晚上我是去他那儿拿东西，他突然口吐白沫。”在我想起她的名字叫华夏时，她突然哭了，“他一直都很健康的，你一定要救活他。”

“麻烦你想办法联系他的父母，询问一下病史，还有麻烦他们尽快赶到这边来，他很有可能会随时死亡，你们做好心理准备。”

“你们怎么能救不活他呢！你不是急诊室的医生吗？”

“我们已经在尽力抢救了。”

“于是你只是出来汇报一句，表示你们还在努力吗？他的女朋友还在美国比赛，如果她回来了发现男朋友没有从手术室出来，我们要怎么交代？”

我没有理她，推门回到手术室，老杨满头大汗地对我说：“罗刹，你接上来，除颤已经第十二次了，这么年轻怎么能得这种病呢？”

心电图和心脏动态超声都没有发现明显的器质性心脏问题，哪怕在这中间，他还需要不停地除颤。老杨站在我身边，气喘吁吁，“用力点，保持每分钟的心脏跳动在八十到一百，拜托，可别再室颤了。”

顾小冰站在旁边握着除颤机大气都不敢出，盯着心电图目不转睛。氧气面罩下的脸苍白，暗紫色的嘴唇透过发白的塑料也能看见。老杨见我脱力，企图把我从他身上拉下来，我还在喊：“不能停，我下来，他就死定了！”

整整三个半小时，我和老杨连同赶来的郭主任轮流按压，注射阿托品，他终于脱离了危险。听男孩的同事说，患者每天只睡两个小时，整个公司正处在A轮前期，每个骨干都在做“零零七”（零点到零点，一周七天）。老杨用手术帽擦了擦汗说：“不知道这算是幸运还是不幸，他能救活，完全是因为他没有病史，心脏健康，要是有器质性心脏病必死无疑；但是一个健康的人直接变成交感神经风暴，他得是对自己的身体多不在乎，能玩儿命到这个程度。别以为现在只有做医生才辛苦，年轻人为了活下来，真的是在搏命。”

走出急诊室，我第一时间奔到值班室摸出手机，颤颤巍巍地拨错了三次号码，在深夜接通了张慕岳的电话，口干舌燥，心急如焚。

“喂？”张慕岳明显是睡着了。

“我今天一个病人，长时间加班熬夜差点猝死。我和其他三个医生抢救了三个半小时才救活。这个男生跟你长得特别像，有那么一瞬间，我以为我在救的是你。”

电话对面竟然传出“噗嗤”的声音：“然后你急匆匆地打电话过来，确认我还活着？”

我一时语塞，似乎他说的没错。他听到我没有声音，镇定地说，放心吧，冯遥，我活得好好的。我说，那就好。

“我在你心里，究竟是什么？”

“你是扎在我心头的一颗玻璃碎片，跳一下，就割破一点。”我吐出一口气，“好好活着，千万别熬夜。玩游戏猝死了，我隔着一千二百公里也救不活你。”

“放心吧，我就算死，也得死在你手上。”

“这算是你跟我表白吗？”

“算是我对你这么关心我的感谢。大半夜的可把我吓死了，我以为你在上海出了什么事呢，第一反应竟然是想，深更半夜究竟还有没有航班。”

走到病房门口，我差点和一个人撞上。往后退了一步，原来是和我争吵的那个女孩华夏。她的表情露出些惊恐——被我呵斥过的病人家属多多少少都会这样，她也不例外。我错开身，想从她身边走过去。她突然说：“冯医生，谢谢你。刚才顶撞你了，对不起。”

“人之常情。”我没回头，离开了。

在那之后，我经常在病房见到她。我记得她在附近的妇产医院上班，每当五点半，她都会准时来报到，像个敬业的病人家属。在男孩父母出去吃晚饭的时候，她就坐在辛欢旁边，偷偷顺进一块蛋糕给他。她手上总会提着一个帆布包，里面装着厚厚的病历本，装着一张张复印好的数据在认真比对。真没想到，做医生这么多年，遇上和我有差不多习惯的人了。听晓松说，男孩父母心急火燎地来了还以为这是他女朋友，然而他真正的女朋友还在美国跳舞。而差点壮烈猝死的主角，醒来的第一件事竟然是对女友瞒报军情——“辛欢正在和投资人激烈搏斗争取融资，没时间接电话。”

真有他的。

“这个辛欢，是不是你喜欢的类型？”老杨一副关心我终身大事的表情，他什么时候也这么八卦了？

“是吧。”走到病床前，天已经黑了。辛欢看起来虚弱，却依旧看着手机上的点击率，“盛佑文这事儿逼，竟然把我差点猝死的事儿写微博上去了，恶意炒作嘛这不是？”说的应该是他的合伙人。不过看他的表情不太生气，竟然有点洋洋自得。那个很有名的APP“云霄直播”就是他们做的，真没想到，我能在急诊室见到“大腕”。

“好不容易活过来的，别再动怒了啊，为了救活你，我们累得晚上出去吃了三份炒饭。”

“虽然我有女朋友了，我不得不说，这位救活我的性感医生，是我的女战神。”辛欢朝我眨了眨眼睛，“冯医生，我们又见面了，是不是有缘？猝死成活率也就百分之一，我都被你救活了。”

“你们搞创业都信数据，我们都信命。”老杨在病历上“刷刷”地打勾，“纯粹是你命大。你再玩命，就直接上西天了。”

老杨走了，辛欢眼睛亮晶晶地盯着我问：“你呢，冯医生，你也信命吗？”

“不，我信科学。”救人是我的信念，或者说，是我想抓住的东西，至少在这点上，我还是想做个斗士。

“你看看你这个不肯认输的样子，真是没有男人能制服你。”辛欢笑着闭上眼睛说，“听说华夏顶撞你了？她就那样，遇到事情就冲动，然后就后悔。”

“不是什么大事，习惯了。”见他无聊，我忍不住问他，“死是什么感觉？”

“妈呀，终于有人问我这个了。死好奇妙啊，不能呼吸，身体失灵，挺难受的。不，是太他妈难受了，死了算了。特别痛苦的时候死并不是很可怕。唯一怕的，可能是怕辜负了我爱的人——想想还有人爱我，我就对自己说，不能死，死了他们怎么办？我总得为了他们活着。那一瞬间不重要的人都过滤掉了，你眼前会出现你最在乎的人。太奇妙了，建议拎不清这些的人都死一回试试。”见我看着他，他像是害羞般闭上眼睛，“我想睡一会儿了，冯医生，你能给我点安静的时间吗？等我的爱人下飞机了，我就没有好日子过了。”

我朝他笑了笑，悄悄地退出了房间。华夏还在走廊，手里握着手机，若有所思。离老杨的手术还有一刻钟，我坐在她旁边，让她有点意外。

“对不起。”

“为什么和我道歉？”

“我顶撞你了。”

“真不是什么大事，成熟点行吗？看你这个样子，简直没出息。”见她要哭了，我有点焦躁，“别什么都用哭解决啊，谁欺负你了吗？”

她吸了几口气，把眼泪吞咽下去，尴尬地对我绷住了脸，似笑非笑。我为了不让她尴尬，问了一句：“你是奉城人吗？”

“对，你也是吗？”

我点点头。她终于笑了，“你怎么知道我是奉城人，难道我有口音吗？”

“直觉。”奉城人真的很擅长用情感绑架来激怒别人，我想了想，还是没说。

空气又安静了。她低声说：“我觉得现在活在上海没什么意义，真想念奉城。”

“为什么？”

“我有男朋友，是我上司。我们在共同研究一个改变染色体治疗不孕不育的项目，但是这个论文发表后，没有署我的名字。我和我父母说完本以为他们会安慰我，而他们的第一反应竟然是，反正以后都是一家人，不要计较。为什么不能计较？”

“你有和你的男朋友说过吗？”我想起在急诊大厅门口，总有一个尾随她过来的，看起来有点寡言的男人，打扮得很清爽，文质彬彬，却很忧郁。

“这个期刊只能署名一个人，但是研究都是我做的，我不能退让。而且他——”她把眼泪吞进肚子，皱着眉头，“他觉得我的思维方式太过大胆了，现在过早地把荣誉归功给我，会让我在科研上更激进。”

“这算什么理由？”

“所以我不想见他。”

我明白了，她躲在辛欢这儿，是和男朋友闹别扭了。我没有什么能劝她的，只陪着她在灯光下坐着。她说，我身边的朋友都很用力地奔跑，我也是。但是生活也好工作也好，总会时不时地给我们一闷棍，把我们打倒在半路上。这样有意义吗？然后在这个尴尬的年纪不上不下，被父母催着走到结婚生子的路上，再不停地问自己，有意义吗？有意义吗？有意义吗？

“我没记错的话，你是妇产科的研究员吧？”

她点了点头。我说，还真是挺有意思的，我们并排坐着，你是面对“生”，我是面对“死”。你觉得没意义可能是因为付出的热情没有得到该有的回馈。但不是每个人都学得会去回应别人的感情，比如他们从来没学会在接受帮助后说一声“谢谢”，也不知道要在伤害别人的边缘把自己控制住，再或者说，当别人爱你的时候，不太知道怎么去保护你，就直接冷漠地伤害，去破坏对方能承受的底线。这个难免的——大家都受过伤，太累了，没有把善良的品格保持住。

“这时候该怎么办呢？”

“我也不知道。但是，离开现在的工作你会幸福吗？你周围的环境，你追逐的生命的奇迹，你舍得吗？”

“我好像做不到。”

“那就坚持。别在乎别人希望你怎么做，反正让他们满意了，他们还会要更多，你只会越来越不开心。许多人到现在也许换了几份工作都没什么成就，依旧在为了寻找自己的归宿而奔波呢。你有自己想做的事，已经算是很幸福了。”

“那爱情呢？你是怎么做的呢？”她见我这么有耐心，忍不住多问了一句。

“这个你不能问我。”看着她发亮的眼睛，我站起身来往里看了一眼，“他天亮睡够了应该就会醒了，你多陪陪他吧。有这么多朋友一起，他真幸福。”

我站起身，她突然有点激动：“不管怎么说，我想谢谢你。没有你，我最重要的朋友说不定现在就……你简直是治好了我的亲人。我在上海，真是受不了任何一个在乎的人离开我了。”她看着我的眼睛，我读不出她眼里的情绪，“我甚至希望，你也别离开我。”

说完这句话，她脸红了。有那么一秒我愣住了，心里从未发现过的钟摆被碰了一下，开始左右晃动，嘀嗒嘀嗒地令我耳鸣。我的神情似乎让她难堪了，于是我笑了一下，算是回应，装作不明就里地回答说：“如果我能像你一样坦诚就好了。”

熬过了两个急性阑尾炎的手术，我洗了澡站在值班室的窗口吹风。辛欢成了急诊室茶余饭后的热门话题，据晓松的情报说，辛欢的“云霄视频”注册用户有几百万，主打的是游戏直播，而他们有个微博小号叫“耐人寻味”，耐人是谐音“爱人”，经常会爆出一些管理团队的“绯闻”，比如辛欢的女朋友是个舞蹈演员，因为前一段时间的综艺节目家喻户晓，直接帮他提供了不少流量。晓松在网上见过不少她的八卦和负面新闻，对这个集美貌和争议于一身的女孩非常好奇。

终于，辛欢的女朋友出现了。据说来的时候是大清早，碰巧护士拉开了窗帘，看到戴着氧气罩浑身都是管子的病号，他美得不可方物的女朋友发出了骇人的哭声，惊动了隔壁病床的奶奶，辛欢又哄又怕，脸上都撒上了满怀幸福的金色，整个人都在发光。大东和晓松调休错过了这一刻，我巡房完毕绕到了房间门口，顺着门缝都能听见他们的交谈。

“你为什么不告诉我？”

“尹老师亲自带你去国外比赛，我怎么能拖你后腿？”

“你死了怎么办？让我下地狱去找你吗？”

“你怎么就直接把我打进地狱了？我就不能做个天使吗？话说，我准备把北京的房子卖了，B轮没来之前，公司几十号人发不出薪水，运转不动了。”

“我手上还有几十万，我跟我妈借点，你们撑一撑，房子就不要卖了。”

“我辛欢怎么会用你的钱？简直笑话。我不是不在乎你，真的，我谢谢你。但是这件事你让我自己来行吗？你只要继续跳舞，做你自己就行。”

“辛欢，你是不是人渣？你不下地狱，谁下地狱？”

“我是，我是。从你进来，你已经骂了我一百次人渣了。我还在病床上躺着呢，你这辣妹子能对我温柔点吗？”

是时候该退场了。我往后退了几步，却意外地偶遇了辛欢的眼神。他看起来异常幸福，整个人换上了一层滋润的神色，阳光下发丝挺立着，生机勃勃，嘴唇都嫣红了。他指着我，想对女朋友说些什么，我急忙走了。

等到下午，他办出院手续，我走到病床前，他的女朋友从我的身边走过，面容严肃，我一时间有点局促。辛欢说：“我和她介绍过你，说你是我的救命恩人。”我说：“谢谢，她很漂亮。”

“当然，她是我见过的最漂亮的女孩。”我的心里有点酸楚，听见他说：“我爱她。但是她没那么爱我，她更爱舞蹈。我知道。但是我愿意爱她，因为爱她真的太幸福了。”

我在那一刻深深地嫉妒了起来。那一瞬间，我突然意识到了我眷恋着他。我不知道是因为他像张慕岳，还是因为他热烈的心融化了我。我深知那是心动，一旦有了酸楚和不甘心，就想自私地把这个人据为已有，不必否认了。为了不示弱，我说："我告诉你个秘密，我喜欢的人，和你非常像。"

辛欢吃了一惊，"那就是我的荣幸了。不过，如果很像，我建议你和他好好恋爱一场。因为恋爱是世界上最美好的事儿，不骗你。"

"我会的。"

"我还知道一个秘密。"辛欢卖了个关子，"华夏刚才问我，'当你知道你们之间不可能，但还是产生了比恋人还美妙的心动。是什么感觉'。"

我有点想装傻，"什么意思。"

"她喜欢你。"

我有点想逃离这个房间，"你们为什么都要和我坦诚地说秘密？"

"因为以后都不会再见到你了。"辛欢的笑容变成了感伤，递给我一张名片，"虽然有点遗憾，想，如果以后你想找我们玩，我们欢迎你——虽然我猜你不会来。但是如果你来了，希望你不要一个人，而是带上自己爱的人，真的，有爱了你整个人都会不一样。"

急诊室恢复了往日的冷漠，周围的人都在快速地穿梭变换。我像一棵平原上的树，周围的植被换了又换，鸟儿飞来又走，阳光漫过我又让夜来覆盖我，年轮一圈又一圈地攀爬上我的身体，拔节的声音从我身体里清脆地发出来，一切都和我无关的时候，我终于察觉到了我的寂寞。送走又一位出院的患者，家人推着轮椅出去时，我变回了那个不相干的，治愈了他们的医生。我望着门隔出的小小的空间，世界比急诊室大多了。除了生离死别，这世界上真的还有很多值得我去痴迷的东西。

老杨看着我落寞的背影，拍了拍我的肩膀，“休个假吧冯遥，周末两天，我给你批。”

我摇了摇头。回想起大学的时候，我在奉城的街头悠闲地徘徊，还没有想好自己的未来打算做点什么，午夜站在宽阔的马路中间，甚至想，如果能留在这座城市，一辈子做个安逸的职员也不错，永远都能和张慕岳插科打诨，无论出了什么事，他都能撑在我头顶。为什么错过了他呢？每一次吃皮皮虾划破手指之前，他都会把我面前的盆抢走，一个个掰开剥掉再换给我；我和丁俊榕恋爱的时候，他曾经疯狂地找我，细枝末节的事情也要打爆我的电话，坦诚自己有话要说。他曾经问我，为什么每当我们看完一季《急诊室的故事》，都是零点三十分。难道是什么了不起的巧合吗，每当一季故事有个结局，就是午夜的十二点三十分？我眨眨眼，只吮着手指回答他，你懂什么，这是医学的神秘，是伟大的奇迹——现在这一切，我都想重新拥有，我也想贪心，太想了。

深夜，电话响了。张慕岳在深夜打来，都要惊天动地；我们谁也没有说话，似乎都心事重重。他酝酿了几秒，嘴唇都干了，“冯遥，大半夜的给你打电话，我太寂寞了。”我突然笑了，说我也是。他说：“我半夜突然想起你为了丁俊榕喝醉的时候问我‘你要陪我，还是睡我’，突然睡不着觉了。”

人有贪欲，一旦想要占有，就会把感情的界限拉近一点，再拉近一点，哪怕是冒犯，每获得一点应许，就会得寸进尺——这个事情张慕岳太擅长了。他突然说：“冯遥，我对你来说，是什么？”

“怎么突然这么问？”

“我最近也有件大事。不过在这之前，有个秘密我想告诉你。我觉得我压了这么多年，如果现在不说，以后就没机会了。”

“为什么没机会？我们不是已经留了联系方式吗。”

“前几天周土豆问我大学的时候最喜欢的女孩是谁，我想了半天，是你。”

我挂断了电话，给张慕岳发了条微信：明天中午在奉城机场等我，我回来了。

第二天一早，我坐上了回奉城的飞机。

Chapter 8

在云端

我眼前的应该是云吧，隔着玻璃白白的一大团，我好像呼吸进了它的一部分。凉凉的，让人视觉空白，耳朵失聪，心肺沁凉，身体都跟着轻盈了。邻座旅客的交谈，空姐推着餐车礼貌的寒暄，都被隔绝成了细碎的响动。然后云层被冲散，我看到了这片土地，比起上海栉比的房屋，这片土地泛黄，鲜有河流，越近街道就显得越宽阔，阳光都粗野得赤裸裸。我在心里默默地说，到了。

机场和我以前来过的不太一样。空气夹带着熟悉的干冽和干草味扑向我，紧接着，我看到了期盼已久的张慕岳。

他和我四目相对的时候，瞳孔像是地震一样慌乱了几秒。终于，他激动地冲我喊："冯遥！"

"张慕岳！"我喊出这名字，心脏快速地同步抖了三下。

我和张慕岳亲切地拥抱，心里呼啸着刮过一阵风，从他那儿传来强烈的局促和陌生感。也许是太久没见，也许还有别的原因，一时间我猜不出。

"你突然回来，我总觉得你我之间有什么大事要发生啊。"

"什么大事，一起打家劫舍吗？"

"咱俩凑上，能有什么好事？为民除害？"

"你不要占我的便宜，又贫又坏。刚下飞机五分钟，已经把我在上海一天的话都说完了。"

奉城真冷啊，我竟然连说话都在发抖。他变了不少，头发短短的，脸又圆又结实，像消防员，小聪明般剪了个偏分的齐刘海，看起来很精神。听不见我说话的声音，他转过身来，脸色一沉，脱下外套劈头盖脸地就扣在我头上："不提前打招呼，穿这么点儿就回来，怎么没冻死你呢！"

我总算是找回了点和张慕岳斗嘴的感觉。

在上海一个人久了，我经常会抬头看云。它们经常会变成高楼大厦的一部分，耸在楼顶，或者薄薄地在天空铺成一片。奉城的云就不那么羞怯了，永远厚厚一团，重磅地悬挂在高空中，天也透蓝透蓝的。

张慕岳说：“你是赶上了好天气，三月雪化时到处都是脏沟，前几天还沙尘暴。运气好的人，没办法呀——没想到你能回来，我现在跟做梦一样。”

“别闹。”

“真的，你变了太多了，以前还看起来风风火火的，和我大吵大闹；现在看起来就是很凌厉，像一场寒风刮过来。”

“总得带我吃顿饭吧，我从昨晚下手术到现在，连口水都没喝。”我不想听他煽情。

“早就准备好了。”

车子停在医科大附近，我们钻进了一家牛肉馅饼店。老板娘除了脸上多了两条粗横的纹眉，一点没变。墙上就更个性了，以前是“零钱自找，多拿打死”，现在是“店主没有支付宝和微信，没带零钱别来吃饭”。我呼吸了一口店里的油味，撞上了张慕岳涎皮的眼神：怎么样，是不是很感谢我?

这家店是我和张慕岳在大学的第一个根据地，从图书馆出来，他帮我背着书包来到这儿，点五张牛肉馅饼，两瓶宏宝莱，吃完了就在学校外漫无目的地晃，他说自己是服徭役，否则死也不听我背诵冗长的心脏手术步骤。我们曾在零下二十九度的清晨走到中山广场，主席像下结了冰，冰层上有薄薄的雪，他在上面一边像小孩儿一样打滑一边说："妈的，每天都和我生气吵架，不分手留着她气我啊？还不如和你在一起呢！"

我们走回医科大，教学楼，实验室，记忆若即若离。突然，他指着一栋翻修过的宿舍，"这不是四三八吗！你还记不记得我出水痘，你来四三八给我打针？"

当然记得。他上大三那年出水痘，发烧到三十八度五，竟然被隔离了。我半夜接到电话，他说，师姐，我要挂了。不是，我一个神童，考试能挂吗？我出水痘了。我把羽绒服穿到白大褂里面，臃肿地爬上了四三八宿舍敲门，他见到我像见鬼一样，你怎么来了？我说，把裤子脱了。他本能地颤抖着后退一步，别介，你不能乘人之危，进来就脱我裤子。我把他翻了个面按住，照着屁股扎了一针，可怜的孩子，水痘都长到屁股上，被他抓得全都是血印。他跟个小孩儿一样说，完了，我被你脱了裤子，就是你的人了。我说，你休想。

打完针他有些尴尬，呢喃地说想喝一包辉山。我从大衣里兜掏出烙了我一路的牛奶说，趁热喝吧，我拿开水烫的。他眼睛晶晶亮亮的看着我：一起喝？我说算了，我怕你传染我。

空气燥热，吸掉了所有的噪音，鼻塞的张慕岳呼吸粗重，牛奶喝得气势磅礴。我坐在对面寝室的床抠窗子上的冰霜，从抠出的“冯”字往外看，雪花飘到窗台停下，被风吹一下就扬起一片，面纱一样飘到别处去了。

张慕岳说大学最喜欢的是我，但是大学的几年，我们的空闲时间就算形影不离，也没有谁主动开口。如今记忆从这些熟悉的地点蹿出来，我像颗充电电池一样，绿灯一到，就要全盘托出了。

“张慕岳，我带回来个东西，”我掏出诺基亚E71，下一秒就哭丧着脸说，“怎么办，没带充电器。”

张慕岳说：“买呗！”

他拉着我的手钻进车里，帮我拉安全带时用力地看了我一眼，“冯大小姐，我们要去奉城最高级的娱乐场所了。”结果半小时后我们到了三好街，拎着一台破旧的诺基亚手机，四处找充电器。店员握着最新款的三星吃惊地说：“用了这么久的破手机还不扔，你对象还和你在一起？”

“我的错，我的错。”张慕岳不反驳，只顾着往前走，翘屁股随着宽大的牛仔裤扭来扭去。音乐学院旁边有一家“情动乐器行”，手臂上文着黑蓝色花纹的老板娘说：“谁现在还用诺基亚，你拿我这儿当古董行了？”

“有急用。”他指指我。老板娘眯着眼睛看了我一眼，恍然大悟地指着张慕岳，“牛逼啊，狡兔三窟！”见我表情僵硬，她放下调音的吉他，“不要误会，张慕岳对我有救命之恩。”

我才不想知道呢。

他带着我在街上到处转，街上每辆车永远都急得按喇叭，每个人都走得不紧不慢；人们因为吃盐过多，顶着浮肿的脸和下垂的眼袋；单眼皮白皮肤的小孩坐在便利店门口的喜羊羊小车上，手里握着塑料彩灯，天啊，这个喜羊羊应该是被硫酸泼过。我把头钻出去四下张望，第一次掏出手机像游客一样拍来拍去——比起上海精致得像宫殿的蛋糕橱窗，我更喜欢站在柜台后的穿着随便、吆喝着打折的营业员。在奉城三块蛋糕才十几块钱，口感粗粝、甜得牙酸，但是我的骨血是在这个城市变成现在的模样，每次风吹过，都有灵魂的碎屑从缝隙里飘散出来。

找到手机电源线已经是傍晚。我们开车四处转，张慕岳说，你住哪？要给你安排酒店吗？我说不用，我想回家，你要是不急着走，跟我一起回去吧。

车里突然安静了。两个人都想说点什么，谁也不知道如何开口。我只好说，叔叔阿姨身体还好吗？我作为医生，还是能对症下药的。

“他们俩好着呢，生龙活虎，每天就等着抱孙子了。”他语气有点烦躁，透着难以忍耐的烦，“你说奉城怎么可以这么按部就班呢？我才二十七，就让我早点结婚生孩子，仿佛结了婚生了孩子就是天伦之乐，甚至走到哪儿都有面子。”

“奉城就这样——不上进，每个人更愿意经营自己的家庭。生活简单点不好吗？”

“哪儿都一样，复杂着呢。”张慕岳说，“你不介意我抽根烟吧？”

“当然不介意，给我一根。”

我带他回了家。他从后车座里摸出了两瓶伏特加拎上了楼，走楼梯时说：“你家这么多年没人，不会遭贼吧？”

这我还真的不清楚。钥匙拧了好久门才打开，进入客厅，整个房间都安静得肃杀。我推开电闸，荧光灯管苟延残喘地“嗡嗡”响，蒙在沙发和茶几上灰色的布罩被我抽掉，灰尘就升腾起来。

“来，在如此九十年代的环境里，我们可以看着这个手机酗酒了。”

张慕岳四下看了看，“没有酒杯，凑合着对瓶吹吧。你直接请假几天，领导不会生气吗？”

“我从来不休假，这次我回来他什么都没说。”

过了五分钟，诺基亚的屏幕亮了。里面充满了张慕岳发来的短信：“我在图书馆等你。”“撸串，走不走？”“你说女生怎么能这么烦呢？我都已经给她买了冰激凌了，她还要怎么样啊？”

他握着手机嘿嘿地笑，“我以前怎么这么逗？”

“幼稚呗。”

接下来就是我和丁俊榕谈恋爱时，张慕岳独自发的短信了：“冯遥，你看了连载小说《时光堡垒》了吗？你和女主角真像！”“冯遥，我不会因为比你小一百八十天就怕你的，那天扇你的耳光我后悔了，你原谅我，打我多少下都行，但是你真的别和他谈恋爱了，他配不上你。”“冯遥，如果你真的不回复我，我就当没有你这个朋友，再也不和你联系了。我这辈子没因为谁伤心过，但是你真的让我特别不爽，你厉害。”

他说：“靠，你不觉得当初我给你发的短信，都很痴情吗？”

我问：“张慕岳，你究竟想说什么呢？”

张慕岳灌了一口酒，掐掉了手里的烟，“冯遥，你为了我的一句话回来，我就不藏着了，我真的非常感动。我大学的四年是你陪着过的。当时你在滑板社团，我第一眼看见你，我就喜欢你。结果你是解剖课结束来和我们吃饭，还是解剖生殖器，我特么就吓着了——和你谈恋爱有可能小命不保。但这不耽误我和你做朋友。我就黏着你，空下来的时间都想和你在一起。”

“那你还有那么多女朋友？我还在路上偶遇过你陪着一个带大提琴的女孩去锦江之星呢。”

“谁没年轻过啊！那个就别提了，她现在改喜欢女孩儿了。魔幻的世界。”他把酒瓶递给我，“你就没有喜欢过我吗？一点点都没有？不可能，冯遥，你为了我直接飞回奉城了。”

他把我从隆胸的手术台拦下来的晚上，我们一起走回学校。路上我一直都想说，张慕岳，你现在还有女朋友吗，如果没有就和我在一起吧。但是这句话出口，我们就再也不能做朋友了。一旦失败，我能接受失去他的结局吗？

一路上我们谁也没有说话，我在心里想，走到前面第五个路灯，我就说；走到前面的小卖部，我就说；直到回到宿舍，迅速把“我们在一起吧”几个字打在短信里，正要发出的瞬间，我看见了马里兰医学院录取通知的邮件。

正巧，草稿箱里2010年的那条“我们在一起吧”，以执拗的低像素顽强地躺着，时隔多年，这个短信张慕岳也看见了，在他瞳孔里，每一个字都欢欣雀跃。

“冯遥，我现在想做一个决定，你只要给我一个信号就可以，你究竟喜不喜欢我？”

“什么决定？”

“这个你先不必知道。你就告诉我，你有没有喜欢过我，愿不愿意做我女朋友？这么多年了，我放不下你。”

我心中盈满了激动和恐惧。新华路空无一人的街道在我脑海里闪现，我身体向他倾了一点，说：“张慕岳，你认真地和我说一遍。”

“冯遥，我爱你。尽管隔了这么多年，我们的距离隔了一千两百公里，但是现在，你就听从自己的内心，告诉我，你有没有爱过我？”

我依旧不依不饶，“不可以，你先要确定地告诉我，今后只爱我一个人。你前科太多了，爱情不允许水性杨花，过去的一切没法一笔勾销，我要你独一无二地、只爱我一个人。我受够了任人摆布，剩下的几十年，你只能看着我，爱我，抛弃全世界你也不能丢下我。”

“我只爱你一个人，行了吗？”他笑着来捧我的脸，丝毫没有醉意，“你知道吗，张慕岳以前从来不信‘白月光’这种事，只有幼稚的处男和耍小聪明的淫贼才会说这种话，但是冯遥，我毫无保留地只爱你一个人，这次和你重新联系上，应该是我们的缘分，五年前它没有实现，现在该实现了，我的生活该有所改变了，我痛恨在奉城惯性地、按部就班地活着，我想和你一起重新生活一次。”

我抱着张慕岳，这个陪着我度过大学时代的男孩，在我离开奉城后，和他相关的一切被关进了一个小小的盒子里。每当我恐惧、不敢勇往直前时，就把盒子打开看看。这个人时隔六年，会成为我人生的另一半吗?

他异常兴奋，像是完成了一场了不起的人生跨越。我本该因为得到真爱而激动地颤栗，却只感觉到他的胖肚子已经贴上了我的；他手指碰上我的脸，贪婪地喘息，和他相拥时我不安地睁开了眼睛，他身后的窗口，平静地落着一只悲伤的乌鸦。

It's already in you, it's already there
You may disagree, but I don't really care
Did you ever find out, did you ever find out
What's at the heart of us?
Did you ever find out
Did you ever find out what's at the heart?

清晨，空气里泛着灰尘的气味。张慕岳不在，我裹着硬邦邦的棉被看着微信，张慕岳满屏都是感叹号："冯遥！等我回家去干件大事！一切都有个结果，我就来找你！"

他最后也没有告诉我他所谓的决定。那么现在我应该做点什么吧：下楼去吃了个早餐，走了好远找到了一家卖黑咖啡的便利店，回家把积了七八年的灰抖干净，用毛巾抹掉角落的蜘蛛网。家务活真的是棘手，刚刚擦过一次，灰尘怎么又和成泥了呢？水槽也变成了一场灾难，天亮后这个房间狭窄又落魄，就像废墟。我妈说得对，我永远都没法变成一个贤惠的妻子。

我坐下来，房间隔绝了窗外的声音，安静地托着我哄我入眠。这个小小的屋子十几年前总有一股潮湿的甜味。也许是门口的破旧的蓝色柜子，也许是床下放着的纸箱——我总能翻到糖果，金丝猴奶糖、山楂饴和高粱饴，有时候妈妈心情好了，会买来"不老林"。

我们一家三口最喜欢坐在电视机前看电影，有个频道每个周末的午后都会播港片，暴力和三俗的镜头出现，爸爸和妈妈就会不约而同来捂我的眼睛，我十岁那年，爸爸突然拉住妈妈的手说，给她看吧，她长大了，知道什么是善和恶了。那个血腥的镜头就迅速地冲击了我，我兴奋又雀跃地盯着流血的主人公跳到火车顶追逐逃犯。爸爸满意地说，你看，我的女儿可不是一般人。

爸爸就像面前的这张照片一样，背着挎包穿着西裤，手里还拿着一杆枪。那应该是游乐园里的玩具枪，虽然他也是摸过真枪实弹的男人。他的大腿旁边露出一截发鬏，那是我的小辫子。我爸那年带我去游乐场，花光了口袋里的三十二块钱，在水果摊给我买了一个柠檬。末了朋友要帮我们合影，他却兴奋地忘了把我抱起来——他遥远地见到了寻找多年的嫌犯，下一秒，他把我抱给了一个叔叔，飞奔着从我的视线里消失了。

我还记得我不知道怎么办，只能用力地啃一口手里的柠檬，又酸又涩，混着脏兮兮的手掌的咸味。我第一次感到了一阵难言的寂寞。

我看着浓眉大眼的爸爸，照片里没能拍出他黝黑的皮肤，他永远健康，永远用力维护着正义。那只乌鸦，究竟是来提醒我什么呢？

直到第二天下午，张慕岳才露面。他回来的样子如释重负，进门先给我一个拥抱，说："冯遥，我解放了。"

"什么意思？"

"现在我终于可以和你说了。你先去和我吃饭，等一会儿你听见我的话会觉得我疯了，但是我现在很饿，我需要补点糖，才能告诉你究竟发生了什么。”

他说得云淡风轻，我却感觉大难临头。我们依旧是去吃了牛肉馅饼，他看着周遭的一切，目光焕然一新，那种状态更像是藏着寒冷的冰山。到了傍晚，他和我走到家里的小区，说：“冯遥，你会不会回奉城？”

我说：“不知道，至少现在不会，我下周要主治医师考试了。”

张慕岳握住我的手，“你都是我的人了，难道不该回奉城吗？”

“什么意思？”

“你答应了和我在一起，难道不该回来和我一起发展吗？”

“我不懂你的意思。”

“我前一阵子和一个女孩订婚了。我也和你说了，毕业后我家里一直在安排我相亲，我累了，正好在陈焕文的求婚现场遇上了一个女孩儿……我应该是鬼使神差吧，觉得这是命中注定，但是订婚后我觉得，总有些什么走错了。她是个好女孩，但我要是结了婚，我就肯定错了。正好那天晚上，你打了电话给我。”

“张慕岳，你知道你自己现在在说什么吗？”

“我当然知道，我在找回自己的真爱。我今天回去就是为了和家里的二老说，这个婚我不结了。你不知道我白天经历了多大阵仗，我爸押着我去女孩儿家道歉，但是没用的，我已经和她坦白，订婚后我觉得我们的恋爱是个错误，我爱的另有其人……现在我悔婚了，陪送的彩礼都收不回了，我爸妈早晚都会原谅我们的，你回奉城，他们应该可以帮你找到一份更好的工作。”

“你在利用我逃婚？”

“你怎么可以这么想？昨天晚上你和我说的话都忘了吗？爱一个人的机会只有一次，你说了，爱是排他的，我当年错过了你，你现在不能让我懊悔自己的失去了。”

“张慕岳，你做这些之前为什么都不和我商量？你以为和未婚妻断绝关系就可以成全我们了吗？你这不就等于——”我深吸了一口气，“你是直接让我做了第三者，你简直不可饶恕。”

“冯遥，你现在和我是一条绳上的蚂蚱了，你别想澄清你是清白的，从上海飞回来找我的时候，你就该知道自己回不了头。”

“如果你告诉我你订婚了我绝对不会这么做！”

“没有假设，冯遥，没有假设。我厌倦了被父母安排的生活了，毕业到法院，我经常得陪着我爸喝酒，这个肚子就是这么喝来的。这个女孩恰巧是我爸战友的女儿，我结婚就等于进到牢笼，没跑儿。我想了半天究竟谁能把我救出来，只有你。你是自由的，你胆大包天，你可以违抗我，可以无视这世界上的一切。”

我的血液在身上不停地流窜，现在是凝固了吧，愤怒让我浑身冰凉，指尖传来细枝末节的颤抖，让我变成了一个不想再讲道理的女人。我走到张慕岳面前，用尽全身力气扇了他一个耳光。

“张慕岳，我曾经以为你会是我永远的精神支柱，但是今天，我看不起你。你觉得自己是被父母布下了天罗地网了是吗？你明明是活在他们庇佑下的蛀虫。你所谓的逃脱只是想违抗父母，而不是爱我。我真是蠢，我只要用脑袋想想就会明白你为什么从来不在我的手机里吵闹，因为你在谈恋爱，这根本就是你的阴谋。你若是真的想逃，你大可以辞掉这份工作，不再拿父母一分钱，放弃他们给你的一切，你竟然选择我。我本来觉得你和我说喜欢我，是想真心地和我爱一次，哪怕相隔几千公里这个感情也值得。而你刚才和我说，为了我跟别人悔婚，让我回奉城。是你给我证明了人究竟可以多自私。从今天开始，你不要再出现在我面前。”

“冯遥，别以为自己是无辜的！发现爱上我那一刻，你就已经是个坏人了。你又在利用我逃避什么？”

一切都无法挽回了。我跑上楼，把自己砸在被子里，沉重的被褥年久未晒，硬得变成了床板的一部分。而这是我的家，空无一人，它曾经装满了三个人嬉笑的回忆，又变成我和妈妈长久的啜泣，现在是孤零零地回到奉城的我，怀揣着一个自以为是的奇迹，到头来仅仅是自取其辱。

我不能再留在这里了。红眼航班不再有云，我却飘忽得头晕目眩——终于，我冲动地验证了自己是孤身一人。

Chapter 9

希波克拉底誓言

我，真的适合当医生吗？

真的能平静地接受生死吗？

“这次执行任务，冯怀雍警官忠于职守，廉洁奉公，为了保护人质，献出了自己的生命。能够为公安事业奉献一生，是他对于公安事业的热情和对真相的执著。依照规定记一等功，授予荣誉称号。”

在停尸间的第四个格子，一个穿着白大褂的人把一个巨大的柜子抽了出来。我和妈妈走进去，白布在爸爸的胸口凹下了一大截，像是魔术表演一样。他的身体缺失了一部分，表情却非常平静，鬓角的血迹还没有擦干。他的死因我听了很多次，为了救一个女孩，他冲到马路中央，车子突然朝他开了过来，从他的胸腔一碾而过，车在逃跑中丢了一个轮子，否则他的遗体还要凹下更多。追逃的犯人姓梁，名字还没听清，我的视线就模糊了。在失去意识之前，我一直抬头盯着头顶的风扇。房间里弥散着福尔马林的气味，我似乎看见了空气在流动，随着吊扇旋转成一个旋涡，把周围所有的东西席卷进去，像是一场风暴。周围没有一粒纤尘是无辜的，我心想，哪怕我也不是无辜的。

我经常试图从回忆中找出这些片段，每次风扇一转，记忆就断了。在考场上，我终于想起见爸爸最后一面时他的模样，严肃、急切，又带着解脱的平静。他似乎没准备好和我说再见，手臂在白布下还微微抬起，似乎想抱我。每次和他短暂相见，他都好像要把我的肋骨勒断，说宝贝，爸爸想死你了，爸爸爱你，你知道吗？而离别都是急匆匆的，仿佛手上那颗黏腻的柠檬，泛着被抛弃的酸涩。

我坐在考场，汗水滴在大腿上，视线模糊。也可能是眼泪吧，屏幕太刺眼了。张慕岳笑嘻嘻地映在屏幕上：冯遥，我爱你爱了好多年；试题切换，他赤裸地抱着我说，爱情是排他的，我终于得到你了；下一秒他变了脸，冯遥，我为了你悔婚了；别以为自己是无辜的，发现爱上我的那一刻，你就已经是个坏人了。

病例变成文字后，突然变得非常陌生。患者因肺动脉口狭窄促使肺动脉与支气管动脉、食管、纵膈动脉建立侧支循环，法洛四联症吧，可是和我有什么关系呢？六十岁患者实行体外循环？体外循环很贵的好吧，在医院遇到十个人，能做的不超过三个，患者还要咒骂医生想要赚钱。如果我是个坏人，做医生，还有意义吗？

最后一门结束走出考场，我看着暗青色的天，笑了。

完蛋了。我对自己说。

公交车连环相撞，紧急入院十三人，所有的人都无比紧张。急诊室一分钟内人满为患，问诊的病人目瞪口呆地看着挤进他们安全距离的血肉模糊的伤者，惊恐地叫了起来。一个女孩的右臂被变形的铁皮直接切断，送进来的是一人一手臂；司机当场就死了，他的死因却是静脉被割破——凶手躺在另一张轮床上，手里还握着刀。女孩在公交车上被父亲训斥，司机回头阻止了几句，而醉酒的父亲从包里掏出一把小藏刀，冲动地朝着司机扑了过去。没有一个人敢阻拦，然后他们就直直地撞上了从沪闵高速公路下来的货车——凶手头部直接撞上挡风玻璃，进到手术室时已经呼吸微弱，胸腔心包积液，需要紧急开胸。

而这次急救，老杨已经不在了。

他辞职了。

当我听说这个消息时，正好有一个闷雷迅疾地劈在了医院楼顶，振聋发聩的我扫了一眼急诊室，周围似乎都开始旋转了。

老杨从手术室出来，我像个家属一样拦住了他。他说："冯遥，你不会要找我兴师问罪吧？"

"别废话，下一场手术我看见了，你带上我。"

患者静脉窦型房间隔缺损，心脏轻微衰竭。我一直盯着老杨，看他灵巧地从上腔静脉插入引流管，避开窦房结，将补片缝在右肺静脉入口前沿的右房壁，几次忍住不让自己哽咽。幸亏他遇上的是老杨，出院后他应该可以过上比前四十几年都健康的生活。手术结束后，我拉住他走到值班室，不争气地哭了。

老杨没提自己要离职的事，只等我哭累了，"我头一次见你哭这么伤心。考试没考好？失恋了？"

我不说话。停止抽泣后我带着重重的鼻音说："就算考试不过也是一样的，明年再考就是了。"

"又想当逃兵了是不是？我真不明白，二线医生不需要在急诊室待三十几个小时，也不用再给一般的病患问诊巡房，你为什么不愿意升二线？"

"你不在了，我做什么都无所谓的。"

“你是要做大东和晓松的跟班了？你会受得了吗？大东治疗很保守的。他们都是普外，以后没人带着你做心脏外科的手术了。”

“你走了，都无所谓了。为什么要离职？你现在不是我们医院最年轻有为的二线医生了吗？不是马上就要提副主任医师了吗？怎么会离职呢？”

老杨伤感地抬起了头，稳了几秒才说：“冯遥，我累了。你是不是最喜欢《急诊室的故事》里的Mark Grenne？还记得他经常放妻子的鸽子吗？他是个好医生，但是从来都不算是好丈夫和好爸爸。我和他一样，女儿三岁了，前几天在急诊室差点没命。那一刻我累了，我心里的那根弦断了，任凭我再坚持，我也打不起精神来——我的家要毁了。而且做了太多辐射手术，我的身体受不了了。”

值班室恢复了安静，我捏着自己的手指，犹豫地拉住了他的衣角，把头埋在膝盖里。曾经他在手术室和我说，医生是要绷着一根弦的，总有一天会有机缘巧合让这根弦断掉，真没想到，我最依赖的、在急诊室永远随叫随到风风火火的杨医生，终于也要离开了。他回握我的手，坚定地捏了捏，“冯遥，这次考试一定要通过，心脏外科我最看好的就是你了，你一定会比我坚持得更久。”

“我舍不得。前年冬天，我成为正式医生还没到一年，一个车祸再加上院长夫人突发心梗，主任、你、我、大东、晓松，还有三个实习生，大年初一晚上都没回家，一起吃了年夜饭。晚上你们煮汤圆，给我特意买了一包水饺，我们坐在一起看网上重播的春晚，指着iPad吐槽一点都不好看，但是你们谁都没有因为这个关网页，手里捏着扑克牌都没打。我永远都忘不了那个晚上——你们都有家，而我在上海没有，我一直觉得急诊室就是我家。变成二线，我就不再是个每时每刻都被需要的人了。一线有了疑难杂症，搞砸了才会想到我，他们不会像我依赖你一样依赖我的。他们会怕我，甚至讨厌我。”

“冯遥你怎么……这么孤单？”

“不是谁都有被需要的命运的。”

老杨的拥抱很粗野，像是硬要把所有的勇气塞给我，“冯遥，等你真正到了这个位置，才会知道自己究竟有多被需要。你比自己想象的要强大得多，你是超人。”

媒体挤在急诊室门外，微博上已经转发过万。每个人都在声讨这个醉酒的父亲，他躺在病床上的样子的确也非常凶悍，竟然在除颤之后睁开了眼睛大吼一声，抓住除颤器把小冰推倒在地。几个人扭打着按住了他，我从地上捞起小冰，围观的患者举着手机拍了下来，我对着他们凶狠地喊："这里是医院，不是看热闹的地方！你们要是敢把她受伤的事放在网上，我一定不会放过你们。我记住你的脸了，我说到做到。"

下一秒，我抱着小冰说："没事了，你快找护士给自己推一张床休息，这边有我们。"我一定是太生气了，整个胸腔都在颤抖——我从没意识到我自己会那么凶悍。

"这样的人就应该放弃治疗，人渣。"大东咬牙切齿。

我站在一旁，人来人往的风拂过我的脸，眼前的风扇又开始转了，每转一圈都令我咬紧牙关。躺在床上的那个人，我恍惚地想，是那个姓梁的凶手就好了，我一定会和大东同一战线，联手策划让他丧命，或者说，这个濒死的男人也许会死在我手上，毕竟我是"罗刹"。而我回头看了一眼门外的女孩，她失血过多，旁边围着三个医生，手臂还没有人清理伤口，我和大东说，我跟着郭主任一起进手术室，你和晓松一定要接好小女孩的手臂。

大东有点惊讶地盯着我，我说："我会冷静的，伏法制裁的事情，等他活下来，去监狱赎罪吧。"

我的每一步都像是发条，腿越来越紧，随时要失控崩溃。善良的司机当场身亡，满病房都是无辜的人，而我在做什么？救活一个毫无道德底线的恶魔。善和恶的边界在哪里？冲动的野兽在伤害别人、自己也受伤时，究竟内心有没有一点点痛苦和后悔？

我身后奄奄一息的小女孩，血和尿渍染湿了她粉色的裤子。她问晓松说，我的手还能接回来吗？晓松说，叔叔一定会尽力的，你一会儿进了手术室，乖乖地睡一觉好不好？

一向吊儿郎当的晓松，抬起胳膊，用力地抹了一下眼睛。

患者的颞部淤血，胸腔和心包积液，危在旦夕。郭主任看了一眼电脑说："当务之急是开胸。冯遥，你有四十五分钟的时间，晚了他就没命了。"

胸腔和心包积液的开胸手术。就在我的考试题中，跟着杨医生也操作过许多次。手自胸骨下端切开，牵开器显露上腹部切口，切开心包前壁，吸除心包内液；再将手探进去，经切口旁另作一小切口放置心包引流管，整个过程像在病人的胸前跳舞。我全程想着老杨的步骤，聚精会神。好久都没有这样心无旁骛了，似乎是在做我职业生涯的最后一台手术。如果考试没有通过，我就没资格再令他人信任了。手术室死去的灵魂破天荒没有再来，不知他们是不想带罪犯走，还是在静静地暗中守护我。

"我的部分完成了，脑中的淤血就交给您了。"我轻声开口，脑中一直回荡着beyond的《海阔天空》。

夜深了，我从手术室出来，径直地走进了ICU。晓松坐在病床前握着小女孩的手，我看了看女孩的病历，眉目舒展，把手术帽摘掉扔了坐在地上。晓松问：“结果怎么样？”

“活着呢。”六个小时的手术，我虚得要筛糠了。

“该死。”

“你这么说，我刚才就白辛苦了。”

大东把自己摔在地上，摸出一包软糖拆开，“真没想到，同届的一线，只剩下我们三个。”

“是啊。”我淡淡地回答。

“我们三个赶紧升二线吧，我真的不想再亲眼看见这么血腥的场面了。”

大厅的表针指向两点四十分，我们三个人不约而同地来到这个房间，加上小冰——她留守了，在深夜里脆弱地抱住了我。大概是我们都已经料到了小女孩即将失去她的父亲——明天一早他醒过来，就会有公安局的人来询问笔录并对媒体公开，法院判决后，他将杀人偿命。而我们，在救治了一车的患者后，正疲惫地等待天明。

漫漫长夜，我竟然异常清醒。

小女孩也在第二天醒了。巡房时我看到了两个溜进去的记者，小冰在一旁阻拦，经验不足的她还没学会怎么“呵斥”。我走进去拿起病历，“现在不是探视时间，你这样是侵犯患者隐私，不想要饭碗了吗？”

“我们只是想如实报道。”记者焦急地护着摄像机，表情残留了点傲慢。我说：“小冰，叫保安。医院不是你们胡闹的地方。小女孩需要接受精神治疗，你们吓到她，是要被起诉的。”我拨通了丁俊榕的电话，冷静地把事件过程说了一遍，“你的门路多，有没有什么办法能保护好这个小女孩，她以后没有爸爸，流言蜚语会害死她的。”

“没问题……冯遥，你有时间，我们谈谈？”

“工作以外没什么好谈的了。”我的面前闪过他和张慕岳的脸，已经无话可说。

病历上小女孩的名字是孟安安。术后第一天，血压80/50，而颅内压极高，需要随时观察。万幸的是，因为清理及时，安安手臂接回后，两条手臂还是一样的长度，右手臂也恢复了正常的颜色。我说：“安安，我是冯医生，你现在好些了吗？”

“我爸爸呢？”

“你爸爸现在在另一个病房，只是你最近一段时间不能见到他了。你妈妈呢，还有其他亲戚吗？”

“我妈很早就走了，爸爸一个人带着我。阿姨，我爸爸是不是做了非常不好的事情？”见我不回答，她着急地说，“他只有喝酒了才会这样，平时都是好人，是我拖累他了。”

“好人也会做坏事，坏人也有善良的时候，你只是选择相信了爸爸，对不对？”

安安不说话，抿着嘴盯着吊瓶。在我出门前，她叫住我：“阿姨，是你救活我的，对不对？我能活着从医院走出去吗？”

“会的，明年这个时候，你还能像以前一样写字画画。”

“只是，我要一个人过了，对吗？”她突然抽噎了，颅内压还是很高，我紧张地给她戴上氧气罩，“听我说，安安，深呼吸。等你到了我这么老，会发现这世界的真相就是，我们都得一个人活着。不过这没什么难的，总有一个又一个能陪着我们的人出现，每一段时间你想要的人都不一样，你爸爸不在了，不会完全是坏事。”

“真的吗……我现在很难过……难过得要死了。”

“深呼吸。你现在有我们，我们会帮你的，你看，顾医生也回来了，她也会陪着你的，不是吗？”

小冰脸上滑过一丝伤感的笑。我装作没看见，后退着和安安打招呼走出门去。

入夏，人们的衣袖短了。乍一看急诊室并没有什么不同，依旧匆忙，混乱，汗液和口气充斥在空气中，拥挤中夹杂着血腥。老杨不会再从值班室出来，感觉整个急诊室都空旷了许多——以前他焦躁的抱怨可以充斥整个空间：“患者这么多，叫我怎么回家？好爸爸都是童话，爸爸不都得赚钱吗？冯遥，八点半跟我去三楼手术室，做完手术再来患者，我就可以连班了，真好啊！妈的！”

每当有医生从急诊室离开，都会深深地挫伤我。曾经赖以依靠的战友不在，我都会觉得自己的信念被动摇了。以前我还可以侥幸地感叹，我最信任的人还在——最优秀的心胸外科二线、好战友杨磊同志永远不会离开医院的。而现在，午夜的急诊室只能听见仪器运转的声音，我大可以坐在病床边写病程，在笔记本上记录患者的名字，没有人会再陪我在黑暗中话家常，没有人会再骂我不上进脾气差了。

我经常站在护士站恍惚。深夜的急诊室空荡荡的，梦里旋转的吊扇没日没夜地旋转着，我爱过的人都离我而去了。老杨曾说“等你变成了二线医生，才会切身地体会自己有没有被需要”，我还有这个机会吗？

安安的手臂快速恢复着。复健后，她就可以念初中了。丁俊榕答应我会帮她找到一间寄宿学校，可以时不时地过去探望她。他当然还想知道我过得好不好，只是现在不是谈论感情的时候——考试结果明天就要公布了，大东和晓松紧张地握着手机，每当看到我都夹杂着一丝难言的伤感——他们觉得我会毫无悬念地通过。讥笑我吧，我有可能是唯一没有通过的一线医生，这也许会让整个科室重新沸腾一段时间。

而这个晚上，我没来得及吃饭，就被安安拉回了ICU，小冰焦急地说："她一直说头痛，难道是手术出现并发症了吗？"

时间不等人，我开始推轮床，"颅内压升高，要做手术。给主任打电话。"

安安抓着我的手，"阿姨，我痛，我头好痛。我觉得我要死了。"

"瞎说什么，我会治好你。"

"阿姨，我想活着，我想走出医院……"

刚说完这句，她就失去了意识。接连并发癫痫，没有时间做MRI了。我朝门外大喊："帮我呼叫张医生，脑疝，立即进手术室！"

安安的颅内压还是引爆了定时炸弹，事发突然。我站在张医生的另一边，看他在不停地止血、滴甘露醇，"来不及了，根本没法修复，你看见了吗？这一片已经坏死了。命里带病，炸弹爆发是早晚的事。"

凌晨三点五十分，安安死了。

我站在手术室，一针一针地为安安缝合。她的身体温度一点点地下降，指尖碰到她的头皮，她的头发真软啊，如果早点发现，如果换一个幸福的、愿意用尽全力养大她的家庭，她是不是就能活得更久一点？

我，真的适合做医生吗？

我钻进资料室，翻出三个月以来我抢救过的所有病历。我需要找点什么让自己的负罪感消除。我的工作难道真的一点意义都没有吗？除了把人治死，我真的一点用都没有吗？

这个人出院了，这个人死了，这个人还在复查……病历本越摞越高，我小心翼翼地把治愈出院的病历本和死亡的病历本摞成两摞，三个月的病历摞得比我的人还高，治愈的病历还是比死亡的病历高了一点点，高过了我一头。

我躲在两摞病历间大声地哭了。我填写过那么多死亡五联单，见过那么多双悲恸又绝望的眼睛，遇到过那么多愤怒地摇撼我的手掌，却一直都没发现，原来我真的做到了让这么多人活下来。

然后，我梦见了我的爸爸。他没了白布下的凹陷，身体又壮又鼓，袖管下甚至透出肌肉的形状——我时隔十几年，第一次真真切切地梦到了他。风扇不停地转，他在中间被席卷。我不停地喊他的名字，冯怀雍，你别走！你装作乌鸦，我看见你了……

于是，他又穿着我熟悉的皮夹克出现了。那件皮夹克他穿了好多年，因为蹭着我的口水和眼泪，上面的皮皱了，掩映着一块块印渍。他和我说，遥遥，你已经长这么大了……和我想的一点都不一样。我问，你想象中我会是什么样？他说，我以为你会是跳着四小天鹅的长发女孩，穿着牛仔裤背着书包进大学校园，再后面的我还没想好。我说，你这父亲做的真是一点都不称职。他有些羞涩，似乎是没想到他的女儿已经变成了个成年人，而且会面对面地朝他问责。他说遥遥，看到你还健康，我就放心了。我最后一次出警的时候，救下的那个女孩和你一样大，骑着车从我面前过去，然后……我就再也没能见过你。我说，你扔下我的时候多了，包括死，走得那么突然，我和妈妈到现在都没准备好面对你死了。他说，我是一名人民警察，有的时候，人民需要我作出牺牲。这个案子我跟了三个月，背后还有个快十年的死结，眼看就要胜利了，谁知道他还有同伙，他妈的。还好他们都是男人，只朝着我来，没有伤害你和你妈。

我似乎不能自控，不公平，凭什么是你死了？你有没有想过我要怎么面对生活呢？我爸惊讶地说，你明明活得很好，你看你的白大褂都旧了，已经做医生很多年，难道不成功吗？我说，不成功，做医生没有谁成功。学了医做了医生才知道，能治好的病太少了，治不好的才多。他说，所以你在见证医学的进步。

我急了，在梦里像五岁时和他抢金丝猴奶糖一样急哭了。我说，凭什么你总有道理反驳我啊？我累了，倦了，我也想要有个依靠，凭什么你们都离开我呢？要不是你给我按照冯敬尧起名字，说不定我就不会这么倒霉，什么事情都要一个人扛了。

他笑了，伸出手来摸了一把我的头发说，我们都是宣过誓的人，我对国旗宣誓，你做医生，也有希波克拉底誓言，对不对？我才不会说因为你是冯遥，你很优秀，就要什么事都扛过去，这不公平。但是你长大了，社会才不等你，周围的人不等你，你得变成一个超人，才能战无不胜。你看你妈妈，到五十岁了还在操办摄影展，你就算再累，都没想脱下这个白大褂。我们家的人，从来都是热情的，我们永远都有力气折腾，有勇气战斗——做超人不需要朋友，我们只需要勇往直前。

我哭了，这些大道理我不要听，我为什么要听你的？冯怀雍，你为什么在梦里也要这么不讲道理？

因为我是你爸，我是警察，你是医生，你是超人的女儿，你也是超人。你还记得你最初成为医生时许下的誓言吗？

我是医生，我对病人信守最本能的承诺。病患被轮床推进来，我需要冷静而迅速地判断对方究竟哪里生病，找到解决办法，除颤、插管、打开静脉通道，义不容辞。当二线医生呼叫我，我快速跑到手术室，刷手、戴手套、捏住十号手术刀、固定牵引器、缝合，一切都不会被怀疑。我要对教会我医学的人表达最真挚的感激，并且在医患面前，毫无保留地运用自己的医学技术，挽救他人的生命，不滥用药物，不放弃希望……我是天生的医生，当我握紧手术刀时，我是超人。

天花板上的吊扇停止了，有很多人的脸一闪而过，又随着光旋转为一条线，渐渐消失。手术台的光拥抱着我，有人对我说，冯医生，你还记得你的梦想吗？

我醒了，两摞病历被阳光包裹着，一切安静如常。如果这病历本里有我的一本，上面一定写着：冯遥，病症是感情用事，生命体征是在人生关键的时刻搞砸一切。但我从没有像现在一样确定，自己想继续做一个医生。梦里的一切都还清晰：天花板的吊扇消失了，变成手术室的灯光，一切器械在光芒下，冷酷地短兵相接。

End

生命之光

上海的秋是爵士味道的，高温天拖欠了许久的清凉，终于来了。九月末，我在照相馆斥资一百二十块，照了一张特别精美的一寸照。这源自我的主治医师考试证发下来时，经受了整个急诊室的传阅和嘲笑——发型邋遢，眉毛因为缺少睡眠变成了十点十分，嘴唇没精打采地绷着——闪光灯闪过的下一秒，我打了个巨大的哈欠。换证时我一定要把这张照片烧掉，维护好我女神的形象。

没错，主治医生考试有惊无险地通过，我正式成为了一名二线医生，新来的实习生都叫我“急诊室女神”，做偶像，不得不带点包袱。适应了柠檬酸涩又清爽的气味后，他们经常用柠檬茶贿赂我，围着我问各种自以为疑难的病症，以及对他们来说，很难消化的感情问题。有个小师妹在巡房时问我："男人的'我爱你'是不是真的？"我回过头严肃地说："那些把'我爱你'挂在嘴边脱口而出的人都让他滚蛋。他们的告白像路边堆着的大白菜一样便宜，不要自降身价。"

大东和晓松撇着嘴眨眼睛，"什么急诊室女神，明明还是罗刹嘛。"作为二线医生，他们的装腔作势比我严重多了。大东回归单身，成了医院护士长的重点帮扶对象，在他大刀阔斧地完成手术后，要对着手机里的照片挑挑拣拣；晓松依旧是老样子，与新一批的实习生女孩和小护士们眉来眼去，不过听说他结识了新的车队队友，每周都要和这个男孩竞技飙车。

没有老杨，不会再有人推开值班室的门对我们三个破口大骂了。偶尔三个人聚在一起，都会不约而同地看向那扇木门，期望它能再被毫无预警地踹开——当然，再也没有。

顾小冰正式成了我的手下，和另外两个一线医生一起，度过接下来的一年。不需要连续值班三十小时，我做的第一件事，竟然是陪顾小冰找房子——丁俊榕"十一"过后就要去北京融资新的项目，她被抛弃了。她在众多的老公房里迟迟不肯做决定，最后厚着脸皮问：“师姐，你能不能让我在你家暂住两天？我们都被人渣欺骗过，也算是同病相怜了……作为补偿，我介绍你一家猫舍。”

“当然不可以。而且你为了讨好我，依旧是要给我介绍猫舍的，否则我保证这一年，你会死得很难看。”

于是，在彻夜做完手术下班后，我破天荒地去看猫了。最终还是被我妈的咒语套牢，失去了长久坐班的义务后，我需要给自己找些东西负责任了。

我来到嘉定的一个别墅小院，破格地允许去猫舍亲自看猫，这似乎是猫舍特别反对的，但是顾小冰叮嘱自己的好朋友，为了保命，一定要让我登门造访。我被拦在门口看了半天，指着一只金黄色的小不点，“这猫卖吗？”

“你真是好眼光，这是四月出生的赛级金渐层，性格可亲人了。三万块，但是品相好，你不会后悔的。”

靠，三万块？在我尴尬得接不上话时，电话在我手心“嗡嗡”地震了起来，是新来的临床实习生。

“师姐，我真的搞不定了，5床那个只是磕伤了膝盖的肌肉男为什么吐血了！我需要会诊！”电话里的她明显带着哭腔。放下电话，我恋恋不舍地看了小猫一眼，怎么办，它碧绿的眼睛正无辜地盯着我。

“美女，这只猫，你要不要考虑付个定金？”

“我会考虑一下——我是说，等我做好了决定，我会来的。现在有更需要我的事情去做，等我忙完了就回来，我的孩子们需要我。”

这听起来真的很像个谎话。但是当我迈出小院，跌入灿烂的阳光中毫无顾虑地奔跑时，突然发现，自己的生活并没有那么糟。至少，没有人能在二十七岁活成一个超人，我可以。

当我回到医院，5床的肌肉男已经被推进手术室了。大东正在手术台前不停地喊：“纱布！纱布！再多点纱布！减肥就减肥，吃那么多药做什么！肾都要保不住了！罗刹，赶紧进来！”

我迅速地刷好手走过去，叮嘱护士注射一单位阿托品。B超显示心肌纤维撕裂，每跳动一次，心包都在不停地洇血。没有时间了，我拿起十号手术刀对着护士说：“叫郭主任过来，这里需要紧急开胸手术，快！”

五个小时过后，患者被推出手术室，膝盖以下被截去，肾脏大面积衰竭，二十四小时之内，都要受呼吸机监测。一夜鏖战，我和大东孤魂野鬼一般走到大厅。

丁俊榕的电话准时在储物柜响起了。他锲而不舍地在早会结束后打来电话，像是为自己定制的晨间运动。

“喂？”

“再不接电话我就要打给顾小冰找你接听了。”

“脸皮可真厚，竟然让一个前女友转接给另一个前女友，你以为我们是什么长情的失恋战线联盟？”

“你上次托我介绍工作的那个年轻师弟，我现在还是他直属领导。”

阳光漫上了我的柜子，灰尘在光线中飞舞，连成了不规则的波纹。黑线衫上有几根黄色的猫毛，也许只要彼此邂逅过，联系总是千丝万缕。我开口：“好，我记得了。”

“还有一件事，杨磊离婚后来北京了，现在和我另一个朋友的公司做医疗器械研究，未来一段时间可能要去海外总部。他叮嘱我不要和你说，但是我觉得你早晚会知道。”听到我的沉默，丁俊榕接着说：“冯遥，医生之外还有很多机会，治病救人也不是只有做外科医生才可以，没有永恒的铁饭碗，未来几年，什么都不好说。”

“也许吧。为了喜欢的事情坚持五年也许变化还不是很明显，我想先做个十年看看，时间久了一定会有和你们不一样的地方。”

“榆木脑子。打电话前我就做好了心理准备，你这么下去会变成女魔头。只要你愿意来北京，我随时恭候。”

挂了电话在休息室站了几分钟回过神来，我可以下班了。还没有适应做一休一的节奏，我正盘算着回家睡个觉还是去公园散个步，没有朋友的我真是没有选择。在狭窄的医院路上逆流而行，这个时间还真的不如帮大东检查几个术后。走出路口似乎眼花了，马路对面有个人一直看着我，刺刺的头发微微消瘦的下颌，眼角低顺地看着我。我嘴唇里翻腾着：张慕岳。

他跑过马路对我说："我来找你了。"

"你来干什么？"

"上次我们之间还有些话没说明白，我来找你消除误会。"

话一时间不知该从何说起，我们只能沿着马路走，从衡山路走到武康路，绕着绕着到了淮海路，鞋子上还有血迹，不过算了，和他一起走，这些他不会介意的。他正刻意地试探我还有没有生气，我只应声，不知道该如何回答他。第一次发现，上海的深秋是淡黄色的，配上侬软的对话和打扮时髦的人，即便它用再多陷阱和麻烦让我颓丧，我也会在这样和煦的天气恢复对这座城市的爱。他说，怪不得你喜欢上海，太漂亮了。奉城这个季节，白杨树早就秃了，取暖一上到处都是霾。你看那个小孩，摔倒了父母也不扶，他竟然自己爬起来了，真硬气。奇怪，上海怎么会有这么多猫?

他瘦了一圈，眼底有点疲倦。趁着他去逗猫的功夫我偷看了他，酸楚瞬间裹住了我。他转过身说，要不要吃个饭?

我们面对面坐着，似乎谁都没有什么话可以讲。一碗鱼汤端上来，他习惯性地操起我面前的碗，舀汤，挑刺，讨好地问:“你还记不记得以前你被鱼刺卡住，我大半夜陪你去医院?”

“记得，睡不着觉。”

“那你现在怎么办?没有人给你挑鱼刺，岂不是吃得很痛苦。”

“不喝就行。”说完这句，锅底的火熄灭了。晓松的电话及时拯救了我，产科孕妇血压过高，主动脉内层破裂，血液全部积在内层和外层中间。我急匆匆地站起身，“要不你等我一下，我要上个手术。”

“大概多久?”

“五六个小时吧，如果顺利的话，应该可以。”

“好，多久我都等你。”

回到医院，产妇的孩子已经平安降生，紧接着要做主动脉夹层手术，郭主任已经到了。体温降到25度，血液引至体外循环，心脏停止了跳动。她的血管薄到只有正常的五分之一，只要破裂，死亡只需要半分钟。我跟着郭主任置换人造血管，在主动脉弓三个分叉放置支架，动作和当年老杨教过的一模一样。手术室极其安静，手掌所到之处，都是冷兵器清脆的声音。

出了手术室我想，总不能一直“缅怀”老杨，如果实在想他，发条微信就可以了。

接着带一线办两个ICU转科，就深夜了。张慕岳还在医院门口的咖啡厅里，表情有些许失落，也有点寂寞。他看到我像是得到解救，“你出来了。手术真的很耗时间啊！饿不饿？”

“还行。”

“要不是真的现场体验一下，我还真不知道你工作这么忙。要不要吃饭？要不去游戏厅吧，你们这附近有没有？”

奉城有一家非常老旧的游戏厅，水泥墙上都是脚印，地上也都是烟头。街机界面和九十年代的电脑一样，分辨率很低，雪花颗粒大得可怕。张慕岳每分手一次都要叫上我打游戏，那段时间他可以短暂地忘记被甩的悲愤，或者庆祝自己终于解放，总之打得都很尽兴。我对于和他对战从来都不手软，自从被他教会，从不服输。我们走到时游戏厅已经临近打烊，两个人把所有的游戏币都投到打僵尸中，他越来越兴奋：“你看着点上面！哇枪法这么准，是不是做医生的加持？”他这样顺着我说话，不再挑我的毛病，我们之间还是有什么东西变了，我知道。

在下班时间陪着他在上海玩了几天，我们见面的时间总计不超过十个小时。他像个小跟班一样在医院准时出现，别的时间他在做什么，我不知道。他很少再看手机，开口也总是犹豫，只不声不响地看着我。终于，周六一早的航班，他即将回奉城。他陪着我回了学校，坐在大片的草坪前吹冷风到深夜，把外套扣在我身上，温柔的动作还不太熟练。他说，我大概明白你为什么留在上海了。我回答，不是我留在上海，是上海接纳了我。我本来也没有什么地方可去。张慕岳说，奉城永远是你家。我在手心吹了口气：“你……后来和未婚妻怎么样了？”

“悔婚了之后还能怎么样？生活……支离破碎。”他在面前双手掰开，“我把公务员的工作辞了，还在走流程，但是不再做了。”

我有点惊讶，“那你未来怎么办？”

“总有办法。”

“也是，你毕竟是张慕岳。”

“不管你信不信，现在我是一个人，完完全全地靠着自己在活着了。”他说的很认真，脸上依旧有那股孩子气。我拍了拍他的肩膀，“加油，无论在哪，我们都用力点活着。”

到了他酒店门口，张慕岳终于开口：“冯遥，如果我们没有前面在奉城的那次误会，是不是就可以和以前一样了？”

“误会？”

“我没有提前告诉你我订婚的事，是我的错。”

“那不是误会，是事实。我们都有错，我原谅你，破坏你的订婚，也请你原谅我。”

“那我们还能不能做朋友？我是说，还像以前那样成为可以无话不谈的朋友？你有新的男朋友我也不会介意的，可以和我说。”

“谢谢你来上海看我，张慕岳，你是我最好的朋友，我永远都记得。我们以后……不要再见面了。”

我转过身迎接了高楼间的冷风，身体轻飘飘，像是要笨拙地带我起舞。如果一切都没有发生过就好了，让我们把时针倒转五年，脸上还鼓鼓的、留着自以为很入流发型的张慕岳，永远都装在我心中的小盒子里。可爱、仗义、感性，对我总无计可施。

盒子里珍藏的，来自五年前的张慕岳，我想和你一同在奉城街头散步，想在你面前冻得大喊大叫，让呼出的白气替我说我喜欢你；想不经意再去碰你脖颈剃过又长出来的头发，装作是风的恶作剧；想用并不专业的医学知识恐吓你，说你此处留情是不治之症；总之我想用任何可以的悄无声息的不被看出的姿态表达爱意，却只做你的朋友。我想永远地呆在你身边，受你庇佑，被你保护，只是我太拙劣了，连最基本的掩饰都做不好。你是我在寂寞中赖以支撑的守护神，多少次灵魂下坠，都是记忆中你的鼓励托住了我；你是我面对医学困惑，源源不断的灵感来源，一句滋生一万句，每个字都词不达意，任何语言用来描述你的奇妙都会失真。因为你藏在我的心里，每时每刻都以我最需要的样子出现，时刻都变化出我需要的模样，每一个新的想象都令我激动不已。

于是现在，我要把我们的盒子关上了。我不想再让现在毁了回忆中的一切，停在这里，一切都够了。属于我们的过去如此温暖，温暖到我再也不想触碰它。

第二天夜班，大雨。遇上迎面过来同样没睡的晓松，没等打招呼，他指了指会议室——急诊室一行人都在里面，一群领导正襟危坐。郭主任坐在中间眉头紧锁，背负着不得了的压力。又要有什么发生了，我想。

“急诊室正式联合徐汇区的120急救中心，一线、二线随救护车出诊，三个月后定岗分配；以后二线医生全面接手研究生定向委培，每周手术教学时间不得少于四十小时，一切病历资料都要提交汇报医院系统。”

新政策即时实行。晓松对着我挤出了一丝苦笑，还没能享受二线医生的空余时间，我们就重新回到了全年无休的境地。晓松推掉了晚上的约会，跟着我和大东背着急救箱，直接登上了门口的救护车，前往车祸现场。据已经抵达现场的消防员说，有一辆SUV在卢浦大桥超车失控，朝着对面的车道横扫，造成后排车连续相撞，亟待救治。

一切就从这个暴雨的夜晚重新开始，不再是置身急诊室中面对病床的抢救，车中的四个人面对面噤声，巨大的雨声在车顶发作，像一个精酿的阴谋。车子运行并不平稳，一个拐弯的工夫，顾小冰就从我们身边趔趄着滑脱了座位。我握紧她的手，直到听见司机说：“我们开不过去了，你们穿上雨衣走过去吧！”

绿色通道开到引桥段，我抹了一把眼睛，又被一排排刹车灯映得生疼。回过头，身后等待上桥的车辆排起了长队，车窗里有人好奇地探出头。前面一辆车下来的医生停住了，回过头朝我们招手；我不停地奔跑——急救箱并不轻，不断打滑的手臂已经酸了。鼻腔里传来一阵奇异的青涩气味，不必想就知道，这种味道从未离开我。

雨丝毫没有要停的意思，现场终于映入眼帘——SUV翻了个底朝天，侧躺在对向车道上，发动机舱严重溃缩，气囊弹出，副驾驶处的挡风玻璃碎裂……消防员围在车旁边喊："副驾失去知觉了，医生快过来！"后面三辆车连环相撞，冲散的血迹中挤压得像风琴一样形状的车门旁有人哭号——他被卡住了。血流不止的另一个伤员小心翼翼地被抬出来，消防员把雨衣护在病人身上大喊："他没系安全带，腹腔被玻璃划开了——你们怎么来得这么晚！七个人，分好级快点回医院！"

小冰微微退后了一步，"师姐，这样的日子以后会无休无止吗？"

"别怕。救人要紧，有事尽管叫我。"回答很快被雨声淹没，我快步冲向前去。

［**全书完**］

作者

张祖乐

作家，毕业于复旦大学中文系。

豆瓣第五届征文大赛职业组首奖，柠萌影业选择奖获得者；

长篇作品影视改编中。

急诊室女神

产品经理 | 王维剑　书籍设计 | 付诗意
监　　制 | 黄　钟　技术编辑 | 白咏明
责任印制 | 刘　淼　出 品 人 | 王　誉

图书在版编目（CIP）数据

急诊室女神 / 张祖乐著. -- 上海 : 上海文化出版社, 2018.11

ISBN 978-7-5535-1388-1

Ⅰ. ①急… Ⅱ. ①张… Ⅲ. ①长篇小说- 中国- 当代 Ⅳ. ①I247.5

中国版本图书馆CIP数据核字（2018）第255035号

出 版 人：姜逸青
责任编辑：郑 梅
特约编辑：王维剑
装帧设计：付诗意

书 名：急诊室女神
作 者：张祖乐
出 版：上海世纪出版集团 上海文化出版社
地 址：上海绍兴路 7 号
发 行：果麦文化传媒股份有限公司
印 刷：天津丰富彩艺印刷有限公司
开 本：880mm×1230mm 1/32
印 张：6
插 页：4
字 数：101 千字
印 次：2018 年 11 月第 1 版 2018 年 11 月第 1 次印刷
印 数：1-8,000
书 号：I S B N 978-7-5535-1388-1
定 价：36.00 元